AF431384

LUCHARÉ
por ti

ALEXANDRA J. HOARE

Primera edición: diciembre 2020

© 2020 Alexandra J. Hoare

Diseño de cubierta: Alexandra J. Hoare

Depósito legal: **2011235966656**

ISBN: 9798570315686

7…

8….

9…..

10.

Resoplo cuando termino la última tanda de sentadillas. Con la respiración vacilante y entre jadeos, alargo la mano hacia el expositor de la pared y devuelvo las dos mancuernas, de tres kilos cada una, que han aumentado la dureza de mis movimientos. Luego recojo la toalla de microfibra del suelo y me seco la cara. Es una misión imposible. Una gruesa capa de sudor cubre cada poro de mi cuerpo, tanto el que está protegido bajo las mallas como el que no.

Cuando aparto el pedazo de tela empapada y vuelvo a abrir los ojos, me encuentro en el espejo con la mirada de Steve clavada en mis glúteos.

Ahogo una maldición en voz baja. Steve es uno de los usuarios del gimnasio con los que suelo coincidir en horario. No me cae mal, es divertido cuando quiere, pero se relame como si tuviera delante un pastel de crema, ignorando que puedo verlo por los espejos que empapelan toda la sala de musculación. En realidad, no sé si no se da cuenta de ello o si lo sabe perfectamente y eso le gusta más. ¿Se pone cachondo sabiendo que yo sé cómo me mira?

Lo ignoro y continúo hacia la siguiente parada de mi rutina, el banco de abdominales. Está ocupado así que, mientras espero, me esfuerzo por fingir que no siento los ojos hambrientos de Steve sobre mí.

Tampoco soy nada del otro mundo. Me mantengo en forma, claro, pero no soy una modelo de lencería, y ni siquiera una de ellas se vería guapa empapada de sudor, con el pelo recogido en una coleta medio deshecha y la cara enrojecida por el esfuerzo. Así y todo, soy consciente de que algunos habituales del gimnasio me miran mientras entreno. No le doy demasiada importancia, supongo que es normal, que los pantalones cortos y ajustados y el top de tirantes con refuerzo para el pecho llaman su atención sin importar quién los lleve. Los hombres son así, aunque no quiero ni imaginar cómo se comportarán en una discoteca.

En cuanto el banco queda vacío, extiendo la toalla sobre él y me siento encima a horcajadas. Acoplo los pies a las sujeciones y comienzo a trabajar.

Arriba. Abajo.

1...

2...

3...

4...

Llego a doce y me detengo. No hay nadie aguardando turno, así que permanezco en el banco mientras me recupero para la siguiente tanda.

Es entonces cuando distingo la voz profunda de Jacob, el monitor de musculación y encargado del gimnasio. A regañadientes, busco su figura en los espejos para estar preparada por si se dirige hacia aquí. Si Steve se conforma con mirar, Jacob no puede resistirse a lo que él considera frases de seducción encantadoras y yo, estupideces empalagosas.

En efecto, compruebo que se acerca, aunque no viene solo, lo acompaña un hombre al que nunca he visto. Treinta y tantos años, atractivo. No sé si es un nuevo cliente del gimnasio o alguien que pretende apuntarse, lo que sí estoy dispuesta a asegurar es que esta no es su primera visita a un centro deportivo. Por debajo de los vaqueros y la camiseta se intuye un cuerpo perfecto. Metro ochenta y cinco y ochenta kilos de puro músculo. No es tan distinto al resto de usuarios del centro, si bien hay algo en él que lo hace destacar por encima de los demás. Quizá sean sus ojos o la sonrisa o la expresión casi tímida con la que lo mira todo.

Jacob le enseña las instalaciones como un rey en sus dominios. Aquí está la sala de musculación; por allí, las pesas; por allá, las máquinas; las salas de cardio, al fondo; la zona de boxeo, al final del pasillo...

—Puedes utilizar cualquiera de las salas siempre que quieras —le explica por encima de la música machacona que bombea por los altavoces al ritmo de mi corazón—, tienes todas las máquinas habituales, como puedes ver, y chicas guapas haciendo abdominales.

La alusión me coge desprevenida. Pensaba que no se habían percatado de mi presencia, pero Jacob me mira y sonríe al tiempo que me guiña un ojo. Le devuelvo la sonrisa, más por educación que otra cosa. Que yo no sienta la más mínima atracción por él no implica, por desgracia, que no pierda oportunidad de insinuarse.

—¿Necesitas ayuda? —me pregunta.

Me muerdo la lengua, a punto de mandarlo a la mierda. Estoy haciendo abdominales, no física cuántica. Temo que él no entendería la broma, así que me limito a negar.

—Estoy bien, gracias.

El desconocido retiene una sonrisa cómplice entre los labios, que me tengo que contener para no devolverle.

—Este es Caleb Lowes —lo presenta Jacob—. Es el nuevo monitor de artes marciales.

Eso me sorprende, pues nunca han enseñado deportes de contacto en el gimnasio. Hay una zona de boxeo al fondo, camino de los vestuarios, pero nunca he visto que le dieran ninguna utilidad más allá de aprovechar los sacos para las clases de *fitness*. Me alegra saber que eso va a cambiar. Quizá me anime a probarlo.

—No sabía que ibais a enseñar artes marciales.

—Larry estaba buscando un monitor adecuado —explica el encargado, aludiendo al dueño del gimnasio—, y lo ha encontrado en Caleb.

Con esa mención, por fin puedo dirigir la vista hacia el nuevo sin disimulos. Tiene el cabello negro y corto y unos ojos grises que brillan como el cielo de Londres bajo las implacables luces del gimnasio.

—Encantada de conocerte —digo—. Soy Anna.

Me enderezo en el banco y lo saludo con un gesto, ya que no le puedo ofrecer la mano, sudada y pegajosa. Él imita mi ademán con una sonrisa.

—Un placer conocerte, Anna.

—Bueno, ¿seguimos con el paseo? —Jacob señala el

resto de la sala, y Caleb asiente, se despide de mí y se aleja tras su guía. Este me sonríe de nuevo y, antes de desaparecer, me guiña el ojo una vez más—. Vigila la postura — aconseja.

El insulto que mastico entre dientes me envenena. Siempre presto especial atención a la postura. Llevo cinco meses en el gimnasio y no quiero arriesgarme a sufrir una lesión. Jacob lo sabe perfectamente, no obstante es la clase de persona que tiene que soltar sus consejitos machistas y demagogos, como si por el hecho de ser mujer no fuera capaz de realizar bien los ejercicios. Mil veces he pensado cambiar de gimnasio, y mil veces lo he descartado. Este centro se encuentra a dos pasos de mi casa, mientras que el siguiente más próximo lo hace a una parada de metro de distancia. Sería absurdo cambiar. Me conformo con ignorar a Jacob y a todos los demás, y resignarme a la idea de que, probablemente, en todos los gimnasios del mundo ocurre lo mismo.

Vuelvo a sentarme en el banco, encajo los pies y retomo la segunda tanda de abdominales.

Veinte minutos después, estoy haciendo flexiones cuando distingo a Jacob y al tal Caleb dirigirse a la puerta. Incluso desde el suelo, no puedo evitar fijarme en la manera en que el pantalón vaquero se ciñe al culo del nuevo monitor. Un gran culo. Los dos hombres se despiden y aquel se va.

«Así que artes marciales», pienso mientras me elevo por sexta vez. Sonrío ante la idea de apuntarme a sus clases, aunque la sonrisa apenas me dura un instante. No voy a hacerlo. No sé nada de artes marciales y no voy a apuntarme solo porque el monitor parezca sacado de un anuncio de perfume. No quiero saber nada de hombres, por muy guapo que sea este tío. La última relación me escarmentó, y me encuentro mejor como estoy ahora, sola.

Issy me pegaría una colleja si me oyera hablar así, pero es que mi mejor amiga mantiene una batalla personal contra mi soltería autoimpuesta.

Desarrollo en mi cabeza toda una conversación con ella sobre el tal Caleb. Nada en concreto, solo hablarle de él, de sus ojos, de su boca y del modo en que la camiseta se le adhiere al pecho. Mantengo esa charla en mi mente porque sé que si la traslado al mundo real, mi mejor amiga se pondrá como loca, y empezará a insistir en que intente algo con él.

No estoy dispuesta a hacerlo, así que prefiero guardar silencio y fantasear.

Caleb. Me pregunto de dónde es. Me pregunto cuántos años tiene. Me pregunto si tiene novia. Luego dejo de preguntarme tonterías y me pongo a hacer flexiones.

No quiero saber nada de hombres.

Ahí está. Durante todo el fin de semana, he confiado en que hoy apareciera por el gimnasio. Y aquí está.

Parece llevar largo rato entrenando, pues su piel brilla por el sudor y la camiseta sin mangas exhibe manchas oscuras bajo el cuello y en la espalda. Los bíceps asoman pétreos como los de una escultura griega bajo la piel perfectamente depilada y sin tatuajes, ni en los brazos ni en las piernas. Eso me gusta. No tengo nada contra el arte corporal, al contrario, simplemente pienso que los luchadores tatuados son un cliché tan manido, que no llevar ninguno —al menos hasta donde mi mirada ansiosa alcanza a ver—, le hace ganar puntos. Más. Como siga así, va a reventar el marcador.

No me mira, de modo que finjo que su cuerpo no es lo primero en lo que se han detenido mis ojos y me encamino directamente a la cinta de correr. La enciendo y echo a andar, aumentando poco a poco la velocidad hasta alcanzar un ritmo constante.

A diez metros de mí, él realiza ejercicios de brazos con sendas pesas de diez kilos en las manos, concentrado en la postura y en la respiración. Recostado en un banco plano, con los pies firmes en el suelo, suelta el aire mientras alza los brazos a ambos lados de la cabeza e inhala cuando los vuelve a bajar hasta los hombros. Una repetición. Otra.

Lo observo sin dejar de correr mientras mi pulso se

acelera mucho más que los pies.

Unos minutos más tarde, devuelve las pesas a su sitio y cambia de ejercicio. Tocan abdominales. Invertidos. En cuanto lo veo acercarse a la máquina sé que me va a dar un infarto, de modo que abandono la cinta de correr y me paso yo también a los ejercicios anaeróbicos, menos exigentes para mi corazón.

Caleb engancha los pies en las poleas superiores y, con una facilidad pasmosa, se cuelga boca abajo como un vampiro. La camiseta cae sobre su pecho y me permite ver cada una de las piezas que forman la tableta de chocolate de su estómago. No soy especialmente golosa, pero es una tableta de chocolate que no me importaría degustar.

Se estira para alcanzar una mancuerna redonda que había dejado en el suelo, la aprieta contra el pecho e inhala una bocanada de aire. Al tiempo que exhala, eleva el tronco hasta dibujar un ángulo recto con las piernas.

Yo comienzo a sudar y no es de los ejercicios. ¿Qué me pasa? Me estoy comportando como esos idiotas que me miran mientras entreno. Como Steve y Jacob y los demás.

Me obligo a dar la espalda al hombre que me acelera el pulso y continúo con... ¿Qué demonios estaba haciendo? Ah, sí, zancadas. No. sentadillas. Eso es.

Me cuesta dios y ayuda concentrarme mientras él va dando vueltas por la sala. Es imposible. Me esfuerzo por seguir mi propia respiración, mis propios movimientos, mis propios ejercicios y no los suyos. Ni los de las chicas que lo persiguen con la mirada por toda la estancia, pretendiendo hacer la misma rutina que sigue él. Serán imbéciles.

No lo miro. No lo miro. No quiero ser así.

Durante casi una hora, ambos compartimos espacio. Casi una hora en la que ni siquiera me dirige una mirada. Es imposible que no me haya visto; por muy grande que sea el gimnasio, no lo es tanto como para no percatarse de mi presencia cuando nos cruzamos entre máquina y máquina. Una y otra vez, me planteo la opción de saludarlo, y una y otra vez lo descarto. Si él me recordara del otro día, me habría saludado ya. Quizá no se acuerde de mí, o quizá sea gilipollas. Eso tendría sentido, un cretino prepotente y engreído, acostumbrado a tener a las niñas babeándole en la espalda. Como todas las del gimnasio. Como yo.

Termino la rutina, me seco la cara, el pecho y los brazos, y me dirijo a los vestuarios.

Mientras el agua se desliza por mi cuerpo, mientras me enjabono, mientras me aclaro, mientras me seco y mientras me visto, los reproches por no haberlo saludado me golpean a traición. Juro que si sigue ahí cuando salga, todavía tendré una oportunidad, y lo juro pese a saber, perfectamente, que no le dirigiré la palabra si no lo hace él antes.

Es lo mejor, qué demonios, no quiero saber nada de hombres. No quiero. No, después de la última experiencia. Hace cinco meses que mi exnovio me rompió el corazón en mil pedazos, y todavía necesito tiempo para recuperarme. Pensé que me casaría con él. Pensé que viviríamos juntos por toda la eternidad. Y quizá la relación ya se hubiera estancado y no nos riéramos tanto ni recordáramos la pasión que nos sacudía al principio, pero pensé que, al menos, podía confiar en él.

Me parece imposible creer que llegará un día en que vuelva a confiar en un hombre, y si eso ocurre —cuando ocurra, me digo—, cuando encuentre el valor para dar el paso, necesitaré hacerlo con alguien de quien pueda fiarme, no un monitor de artes marciales al que siguen las mujeres como si fuera el flautista del cuento. No. Mejor no saludarlo, mejor ignorarlo. Mejor fingir que no está aquí.

Me apunté al gimnasio para llenar el vacío doloroso de mi mente, esos ratos en los que solo pensaba en mi ex y en lo que yo había hecho mal. ¿Podría haberlo evitado? ¿Cómo? ¿Cómo no me di cuenta de lo que ocurría? ¿Por qué ignoré las señales que percibía mi cerebro y que yo me empeñaba en achacar a sus horarios de trabajo o a cualquier otra excusa cutre que me hiciera sentir mejor? Me apunté al gimnasio para reconciliarme conmigo misma y he encontrado en estos meses una fuente de autoestima, de paz y olvido, que no pienso estropear liándome con ninguno de mis compañeros de entrenamiento ni, desde luego, con el nuevo monitor de artes marciales, por muy guapo que sea. Por Dios, que lo es.

Cuando salgo de los vestuarios, toda la firmeza de mi propósito se resquebraja.

La zona de baños y vestuarios se encuentra al fondo de las instalaciones, tras un pasillo por el que, a su vez, se accede también a la sala de boxeo. Y allí está él. Sin camiseta. Y yo me quedo sin habla.

Bien definido, cada músculo del torso marcado a cincel, pero sin exagerar. Nada de esos cuerpos hinchados de anabolizantes que lucen los culturistas por la sala, los únicos que suelen ignorarme porque están demasiado pendientes de su propio reflejo. No, nada que ver. El torso de Caleb se merecería haber sido esculpido por Miguel Ángel en uno de sus días buenos.

Está sentado en el borde del cuadrilátero, con las piernas colgando hacia fuera y toda la atención focalizada en la venda con la que se envuelve la mano izquierda. ¡Con la obsesión que tengo yo con las manos de los hombres! ¿No podía estar haciendo otra cosa? No, ahí está, venda para arriba, venda para abajo, envolviendo con firmeza una mano grande y fuerte.

Mi estómago se retuerce y envía disparos de electricidad a las zonas más íntimas de mi cuerpo. La entrepierna responde con una ola de humedad inmediata. Venda arriba. Venda abajo. El modo en que los músculos de su antebrazo vibran por la tensión de los dedos extendidos. Imagino lo que sería sentir esa mano sobre la piel, que me acariciara las piernas, que me agarrara del culo mientras se clava en mi interior.

Cierro los ojos y acelero en mi patética huida hacia la puerta.

—¡Hola!

Me detengo de golpe como si alguien me hubiera agarrado desde atrás. Es lo que ha ocurrido, de hecho, aunque Caleb ni siquiera ha necesitado levantarse, le ha bastado con la voz. Y qué voz.

Al girarme, me topo con su sonrisa, que se me contagia al tiempo que aumenta los retortijones de mis entrañas.

—Hola —lo saludo.

—Anna, ¿verdad? No sé si te acuerdas de mí, nos

presentó Jacob el viernes.

—Sí, claro. —No me molesto en disimular—. Caleb, ¿no?

Él asiente.

—Exacto. Te vi antes en la sala de musculación, pero no quise interrumpirte. Odio que me interrumpan mientras estoy entrenando.

Es el hombre de mi vida, está claro.

—Claro, por eso mismo no te saludé yo. —Nos miramos un segundo en silencio, sin nada más que decir, hasta que busco algo, lo que sea, porque no quiero irme—. ¿Vas a empezar la clase?

Él mira hacia el *ring*, por encima del hombro.

—Sí. Aunque mi alumno no ha llegado todavía. Espero que no se retrase, o se lo haré pagar. No soporto la falta de puntualidad.

Mi boca dibuja una sonrisa estúpida; me encanta que se pongan duros. Oh, Dios, pero ¿qué estoy pensando?

—¿Qué es lo que enseñas?

—Artes marciales mixtas.

—¿Mixtas? ¿Qué significa eso?

—Que combinan técnicas de otras artes marciales y de deportes de combate. Muay Thai, Kickboxing, jiu jitsu, san shou, judo, taekwondo, sambo.

—Ah. ¿Y cuál de ellas es la que enseñas tú?

Me parece notar que se sonroja.

—Casi cualquiera —dice, con tono algo avergonzado.

—¿Cualquiera?

—Sí.

Con los ojos abiertos como platos y la boca descolgada como un cartel a la puerta de un bar, no sé qué responder.

—Wow —balbuceo, al final.

—¡Y es cuatro veces campeón de Gran Bretaña de Muay Thai!

Me giro, sorprendida por la irrupción de una nueva voz en la sala. Se trata de Jacob, que acompaña a un chico joven y fibroso. El alumno de Caleb.

Este se levanta. Su piel ha enrojecido aún más, y sus ojos adoptan el color del mar en una tarde oscura. Un mar en el que me bañaría sin dudarlo.

—Y dos de Europa —añade el gerente del gimnasio, para bochorno evidente del aludido.

Yo lo miro y me pierdo por un instante en esa sonrisa tímida que desmiente la expresión segura que muestra mientras entrena. Ahí está él, el Caleb de verdad, no el cuatro veces campeón de Gran Bretaña y dos de Europa que podría matarte de una patada. Es ese, ahí, en esa mirada huidiza y ese gesto humilde.

Por desgracia, ya no pinto nada aquí de modo que, a disgusto, me despido de los tres y me marcho.

Esa noche, en casa, pienso en esa sonrisa mientras mis manos toman la forma de las suyas y el tacto áspero de esa venda con la que se las protege.

Lo veo al entrar en la sala de pesas, igual que el lunes, con unas bermudas de deporte y una camiseta sin mangas. También igual que entonces, lo encuentro en medio de una tanda de ejercicios, aunque hoy, antes de que llegue a la cinta de correr con la que empiezo mi rutina, alza la vista y me mira. Sonríe a modo de saludo, y yo estoy a punto de tropezar con el aparato y comerme el suelo de la manera más estúpida. El estómago se me ha encogido hasta el tamaño de una canica. Sonrío. Para nada, me doy cuenta de que llevo sonriendo desde que lo vi. ¿Qué coño me pasa?

Subo a la cinta de correr e inicio la rutina, acompañada por la deliciosa imagen de los ejercicios que lo llevan a él de un lado a otro de la sala. Realiza una sesión diferente a la del lunes, aunque, igual que entonces, media docena de chicas lo siguen con la mirada como perritos falderos. Hoy, incluso, varias de ellas intentan entablar conversación. Él las corta una y otra vez, y yo sonrío, cruel, porque sé que no soporta que lo interrumpan. No pienso hacerlo. Otra cosa será lograr quitarle los ojos de encima.

Por Dios, es que es perfecto.

Tras mi hora de ejercicios y mi ducha, salgo del vestuario a toda velocidad. Una vez más, hemos compartido sala de musculación sin dirigirnos la palabra. Ahora espero coincidir con él antes de su clase, igual que el otro día.

Por desgracia, cuando llego a la sala del cuadrilátero, la clase ya ha empezado. ¿Por desgracia? Oh, Dios, no.

El alumno, un chico más inexperto que el del lunes, a juzgar por su cuerpo y sus movimientos torpes, ensaya movimientos de puñetazos y patadas a los que él responde a cámara lenta, lo que me permite contemplar al detalle cada uno de sus músculos, de sus tendones, cada fibra de su cuerpo que se estira y se encoge en un baile indecente que me deja sin aire.

Él no se da cuenta de que estoy ahí, como no se da cuenta del resto de mujeres que se agolpan junto a la puerta de la sala para mirarlo. Furiosa conmigo misma por haberme convertido en una estúpida más, me marcho del gimnasio a toda prisa.

No quiero saber nada de hombres. No quiero. No quiero.

Intento ignorarlo, mirar para otra parte mientras realizo los ejercicios, concentrarme en la postura y la respiración y todas esas cosas que se supone que debería tener en mente, y no la forma en que los abdominales oblicuos se le deslizan bajo las bermudas, orientando mis ojos hacia un camino que mis manos y mi lengua sueñan con recorrer.

Perderlo de vista en el vestuario resulta un alivio. Tras una hora de tensión en la que mis silencios dicen mucho más de lo que deseo, meterme en la ducha y hacer algo que no sea pensar en su cuerpo, ni en su sonrisa ni en el gris de sus ojos ni en sus manos vendadas... tan grandes... tan fuertes.

Vale, no hay alivio para mi cabeza. Estoy empapada y no es por el agua. Me echo gel en la mano y lo reparto por el escote, como siempre, expandiéndolo hacia las axilas y luego los pechos, hinchados, con los pezones endurecidos y sensibles.

Espero que nadie se haya dado cuenta, que no se hayan transparentado bajo el top de deporte que llevaba puesto; aunque me temo que eso explicaría las miradas que me han dedicado Jacob y sus amigos durante todo el entrenamiento. Joder.

Pensaba masturbarme en casa, pero no sé cómo, acabo con la mano en el sexo. Está caliente e hinchado. Reprimo un jadeo cuando meto un dedo y palpo la humedad de mis pliegues. Sin pensar en lo que hago, saco la alcachofa de su soporte y la oriento hacia la entrepierna. Casi grito cuando el chorro me golpea el clítoris. Me apoyo en la pared y cierro los ojos. Imagino que es él, que son sus dedos, su lengua, su polla. Imagino que me está follando ahí mismo y que le pido más.

Me muerdo los labios y miro a uno y otro lado, temerosa de que alguien oiga los gemidos que escapan de mi garganta. Las voces en el vestuario continúan entre risas y conversaciones ajenas a la fantasía que se desarrolla dentro de esta cabina de ducha. Perfecto. Vuelvo a apuntar el chorro hacia mi sexo y cierro de nuevo los ojos. Dios.

Con la mano libre me acaricio los pechos. La piel, mojada y jabonosa, resulta resbaladiza, eróticamente suave. Me pellizco un pezón y el cuerpo se estremece, adelanto el pubis y el chorro de agua me golpea en plena vulva. Reprimo un gemido y mantengo al grifo ahí mismo, donde está, dejando que el agua me penetre. Mi cuerpo tiembla, el pulso se desboca y me falla la respiración. Gotas de agua salpican por todas partes.

Me aprieto el pecho, con fuerza, enterrando los dedos en la carne, retuerzo el pezón hasta que duele para proporcionar a mi cuerpo las sensaciones que exige, dolor y placer a partes iguales. Exige a Caleb, pero eso no va a tenerlo, así que le doy todo lo demás.

Aprieto la mandíbula para no gritar, me muerdo los labios. Mis jadeos entrecortados buscan salida a través de la nariz, y no puedo sino rezar para que no me oigan desde fuera, pues ya no puedo detenerme.

Mi cuerpo se retuerce y el orgasmo me empapa, las piernas se sacuden y me dejo caer contra la pared para no resbalar. Aparto y enfoco el chorro de agua sobre el clítoris una y otra vez, buscándolo y evitándolo. No soy yo quien lo controla. No controlo nada. Exploto en un orgasmo silencioso, con los dientes apretados sobre los labios, enmudeciendo los gritos. Un millón de gotas saltan a mi alrededor y no sé si son agua, sudor o placer.

Tardo casi dos minutos en recuperar la respiración y otro en encontrar fuerzas para incorporarme. El ruido del agua sobre el plato de ducha silencia mis últimos jadeos. El corazón me oprime la garganta. Esto no puede ser bueno después de una hora de entrenamiento. Devuelvo la alcachofa al soporte de la pared y vierto algo de gel en la palma de la mano. Me limpio el sexo. Está sensible y lo noto palpitar con los últimos temblores de deseo. Si me acariciara con un poco de fuerza me correría otra vez, pero no lo hago. No me lo puedo permitir o me caeré redonda al suelo y tendrá que venir alguien a rescatarme. ¿Él? Suena bien.

¡Joder, Anna, reacciona!

Termino de lavarme la cabeza y el cuerpo, y salgo de la ducha. Nadie se ha dado cuenta de mi tardanza. Me seco, me pongo los *leggings* y un top, guardo la toalla húmeda y la ropa sudada en la mochila, y me cambio las zapatillas por unas sandalias.

Enciendo el teléfono móvil al salir del vestuario. Siempre lo dejo apagado, por si acaso me lo roban —aunque nunca ha habido robos en el gimnasio, soy desconfiada por naturaleza—, y lo enciendo al salir. Me entran dos mensajes de amigas por el WhatsApp y varias notificaciones de las redes sociales.

—Hola.

Su voz me detiene con esa facilidad que nadie antes ha poseído. Caleb está ahí, justo delante de mí, sentado en el cuadrilátero con cara de aburrimiento y las manos vendadas. ¿Por qué no puedo dejar de fijarme en sus manos?

—Hola —lo saludo—. ¿Qué haces ahí tan aburrido?

—Mi alumno acaba de llegar, con retraso. Se está cambiando.

Sonrío al recordar lo que me dijo sobre los alumnos que llegan tarde.

—¿Se lo vas a hacer pagar?

Se ríe y asiente.

—Soy implacable —responde, con ese guiño característico que hace que mi entrepierna se empape de nuevo, como si no hubiera tenido suficiente—. Estaba preocupado por ti —añade, y yo arrugo el gesto sin comprender—. Tardaste un montón en el vestuario.

Siento que los colores me inflaman el rostro, y espero que sea solo una sensación, y que no parezca un semáforo, como me temo.

—¿Me estás espiando? —bromeo en un intento patético de quitarle hierro al asunto.

—Muy de cerca —responde, con más seriedad de la que sé interpretar—. No puedo evitarlo. Se me van los ojos.

Lo que se me va a mí es el móvil entre los dedos. Lo noto caer a cámara lenta, incapaz de pararlo, hasta golpear contra el suelo y resbalar entre mis pies. Con el pulso desbocado, me doy la vuelta y me inclino para recogerlo.

—No vuelvas a hacer eso, te lo suplico —dice, cuando me levanto.

Estoy a punto de preguntar qué he hecho, hasta que el brillo afilado de su mirada me lo deja claro. Acabo de ponerle el culo en pompa ante los ojos, vestido con unos *leggings* que no dejan espacio a la imaginación.

El tanga se humedece entre mis muslos.

Me río, nerviosa como una adolescente, y doy gracias al cielo cuando su alumno aparece junto a nosotros.

—Ya estoy listo, *kru muay*.

Miro a Caleb, divertida. *¿Kru muay?* ¿Qué demonios significa eso?. En cualquier caso, que lo llame como quiera, a mí acaba de salvarme la vida.

—Te dejo —me despido.

Él hace una inclinación de cabeza, con su sonrisa traviesa grabada en los labios, y yo me marcho tan rápido como puedo.

La semana siguiente transcurre entre miradas esquivas por el espejo, sonrisas veladas y guiños rápidos al cruzarnos por el pasillo, en la sala o de máquina a máquina.

Las noches se envuelven en el olor que le imagino a su piel y el tacto que le supongo a sus manos.

Durante el día, veo su rostro en los hombres que entran en la oficina en la que trabajo. Por la noche lo encuentro en las fantasías sexuales, románticas y de todo tipo con las que mi cerebro tiene a bien torturarme.

En el gimnasio, me esfuerzo por disimular. Evito mirarlo y detenerme ante la sala de boxeo cuando salgo del vestuario y él está allí, unas veces, acompañado, otras, solo; unas veces, en el *ring*, otras, en el suelo, con los sacos o la cuerda. No quiero ser la comidilla de los rumores de vestuario, como no quiero que todo el mundo sepa que yo, que he rechazado acercamientos dentro y fuera de estas instalaciones, ahora me sé al dedillo hasta la última peca de los brazos de ese profesor de artes marciales mixtas que congrega un club de admiradoras (y admiradores) cada vez que sube a la lona.

¿Estoy vieja para apuntarme a sus clases? No sería la primera. Desde que llegó, la lista de espera para sus horas se ha triplicado, y Larry se frota las manos con una sonrisa triunfal en la que casi puedo ver brillar el símbolo de la libra esterlina.

No.

Me niego.

Un poco de dignidad, al menos.

Aunque sea poca y me cueste toda mi fuerza de voluntad.

Miradas esquivas por el espejo.

Sonrisas veladas.

Guiños rápidos por el pasillo.

Fantasías solitarias en la noche.

Ahí está otra vez, su sonrisa a modo de saludo y mis bragas empapadas.

Lo encuentro en pleno ejercicio de dominadas; agarrado a una barra con las dos manos, levanta y desciende el cuerpo en el aire, y con cada uno de esos movimientos, se lleva mi vientre a pasear. No hay forma de que pueda concentrarme si él anda cerca. Me vuelve loca.

Llevo todo el fin de semana pensando en él. No he conseguido quitármelo de la cabeza, y reconozco que ya me estoy enfadando. ¿Cuántas veces he dicho que no quiero saber nada de hombres en este momento de mi vida? Sin embargo, desde que apareció él, no pienso en otra cosa. Su manera de mirarme, directamente a los ojos, con esa sonrisa y esos guiños que me dedica, como si ambos supiéramos algo que el resto del mundo desconoce. Anoche me masturbé pensando en él, y temo que esta noche lo haré también, porque cuando suelta una mano de la barra y comienza a subir y bajar con la mitad de apoyo, mi ropa interior termina de empaparse.

Abdominales, flexiones, sentadillas, dominadas, pesas. Intento no mirarlo, ignorar que está ahí y seguir a lo mío, pero mis ojos se enredan en los suyos, una y otra vez, en los espejos que envuelven la sala. Nos miramos, sonreímos, casi me hace sentir que estamos solos, que no hay nadie más. Soy tan consciente de su presencia que cada uno de los ejercicios lo hago pensando en él, meto la tripa, enderezo la espalda, saco pecho...

Me tumbo en el suelo, sobre una colchoneta, para acometer la rutina de glúteos: patadas hacia atrás, elevación de caderas... No quiero mirarlo, cada movimiento resulta erótico si sé que sus ojos están posados en mí y creo que podría llegar a correrme si lo pienso, si lo veo.

Pero no logro evitarlo. A cuatro patas, con el culo hacia él mientras levanto una pierna hacia el techo, alzo la vista y me encuentro con su mirada en el espejo. No la posa en mis nalgas, y eso me gusta, me mira directamente a los ojos. Está haciendo bíceps en uno de los bancos. Inclinado hacia delante, con el codo sobre la rodilla, levanta a una mano una pesa de tamaño considerable, y ha acompasado su ritmo al mío, elevamos al mismo tiempo, bajamos al mismo tiempo, respiramos al mismo tiempo. Como si bailáramos, como si folláramos.

Soy incapaz de apartar la mirada hasta que él da por finalizada su tanda. Me guiña un ojo y se levanta, y yo por fin me detengo. ¿Cuántas repeticiones he hecho? Pueden haber sido mil, dejé de contar hace mucho.

Termino la rutina y huyo hacia el vestuario, como de costumbre.

Cuando salgo, Caleb ya ha comenzado su clase, y en esta ocasión su alumno es una chica a la que no conozco. La observo, ahí arriba y, por un instante, me sobrecoge un vergonzoso instinto asesino. La mataría con mis propias manos si no fuera porque sus músculos me dan una idea de lo fácil que le resultaría a ella matarme sin despeinarse.

¿Quién es? No tengo derecho a opinar, él no me pertenece, ni siquiera hemos intercambiado más que un par de frases, pero, joder ¿por qué ella puede tocarlo y yo no? Aunque esos tocamientos se limiten a golpes y patadas; hasta eso me gustaría.

Nunca le he encontrado la gracia a los deportes de contacto. Esa obsesión de algunas personas por el boxeo, que llegan a pagar millones por asistir a un combate que puede durar menos de un minuto. Jamás me ha llamado la atención y jamás me había planteado probarlo, pero ahora veo el modo en que Caleb y su alumna se miran a los ojos, analizándose el uno al otro, estudiando sus respectivas fortalezas y debilidades, por dónde atacarán y cómo van a defenderse. Se mueven por el cuadrilátero lentamente, girando como la Tierra y la Luna a la misma velocidad. Sus cuerpos sudorosos, sus respiraciones agitadas. Los brazos y las piernas disparadas como latigazos.

Me gusta ver que él no la trata de manera diferente que a sus alumnos varones. La corrige como si fuera uno de ellos y la golpea con la misma fuerza. Ella se defiende y le ataca, y yo la odio.

Me marcho a toda prisa para no seguir viéndolo, avergonzada de mis propios celos.

Hoy Caleb no estaba cuando he llegado al gimnasio, y durante toda la sesión noto una molestia incómoda en el estómago. ¿Por qué? ¿Dónde está? Recuerdo a la chica con la que lo vi el lunes y mi mente desconfiada los imagina juntos, follando como salvajes, dos luchadores enzarzados en la batalla.

¡Oh, por Dios, para!

Practico mi rutina de ejercicios, más pendiente de la puerta que de lo que hago. ¿Dónde está? Una y otra vez me emociono cuando veo entrar un hombre en la sala, y una y otra vez me decepciono al comprobar que no es él. ¿Por qué no está aquí? No lo sé y no tengo a nadie a quien preguntar, así que trato de regresar a aquellos días en los que el gimnasio era tan solo un gimnasio, y no una excusa para encontrarme con su mirada ni con la imagen de esas puñeteras manos.

Desganada, frustrada y triste, concluyo la rutina y me voy a la ducha. No me masturbo, no tengo ganas. Es miércoles, pero llamaré a Issy para ver si le apetece salir a tomar algo. Una caña y unas risas con mi mejor amiga, sin nombrar a Caleb ni una sola vez, me ayudarán a olvidarlo.

Con la mochila al hombro abandono el vestuario, tecleando el mensaje en el móvil, hasta que choco de frente con algo duro como una pared que alguien ha colocado en mitad del pasillo.

Retrocedo un paso, sorprendida, y levanto la mirada del teléfono.

—Ho... hola

Caleb se ríe.

—¿Estás bien?

—Sí. Sí, perdona, no te vi. Iba mirando... —¿Qué puedo decir? Iba mirando al móvil como una idiota—. ¿Acabas de llegar?

—Sí, me surgió un compromiso esta tarde y tuve que saltarme dos de las horas de entrenamiento de hoy. Las compensare mañana.

—¿Vienes todos los días?

—Claro.

—¿Pero cuánto entrenas tú?

En su risa vuelvo a ver ese gesto tímido que comienza a enamorarme más aún que la curva de sus brazos.

—Entreno cuatro horas por la mañana, en un centro especializado, con mi entrenador personal, y por las tardes, otras cuatro, aquí, con las pesas. Menos mal que eso entra dentro del sueldo.

Sonríe como si hubiera contado un gran chiste, y yo no puedo pensar en nada más que en ese entrenamiento diario.

—Vaya... —exclamo.

Él baja la mirada, apocado. Se avergüenza de su propia fuerza física.

—Sí, bueno, ya sabes. Tengo que hacerlo.

—Por los campeonatos.

Jacob mencionó que era varias veces campeón de Gran Bretaña y de Europa de Muay Thuai, y esos galardones cobran ahora toda su relevancia. La exigencia que conllevan.

Caleb entierra las manos en los bolsillos del pantalón deportivo, se encoge de hombros y aparta la mirada una vez más. Yo me río, no puedo evitarlo.

—¿Qué? —pregunta él, con esa sonrisa tímida.

—Nunca he conocido a nadie tan vergonzoso como tú —exclamo.

Él frunce el ceño, divertido, y niega.

—No soy vergonzoso —se defiende—, en absoluto. Es que no me gusta presumir de lo que hago. No lo veo necesario.

Yo dejo de reír y asiento.

—Eso está bien —digo—, no me gustan nada los hombres presumidos.

—¿Y qué hombres te gustan?

Me quedo clavada en sus ojos, en ese gris que me envuelve e ilumina el lugar. De repente el pasillo es estrecho y caluroso, él está demasiado cerca y su mirada es demasiado intensa. Siento que me desnuda en su imaginación, o quizá sea mi imaginación la que me desnuda para él.

—Me gustan los hombres que no necesitan presumir de lo que hacen —parafraseo, en un arranque de valor que no sé de dónde saco.

Caleb asiente. Está a punto de decir algo, lo noto, algo importante. Lo sé por el modo en que sus ojos me miran, y en que sus labios se separan, despacio. El corazón me martillea en el pecho y el vientre se retuerce, como siempre que me acerco a él. El pulso se acelera, mis ojos se cuelgan de los suyos.

Y entonces, en el peor momento posible, alguien entra por el pasillo.

Se trata de uno de los culturistas, un tío enorme que nos obliga a separarnos y a pegarnos a la pared para dejarlo pasar.

Cuando se aleja, la magia ha desaparecido envuelta en una apestosa nube de sudor, el tren ha continuado su camino sin nosotros.

—Me marcho —digo, incómoda y nerviosa—. Que entrenes bien.

No le doy tiempo ni a responder, me doy la vuelta y, por primera vez, no corro en dirección a la salida.

No sé qué ha ocurrido ni por qué no ha ocurrido nada, en realidad. Ojalá no nos hubiera interrumpido ese chico, aunque agradezco en el corazón que lo hiciera pues, de otra manera, quizá ya no habría habido marcha atrás para mí.

«No quiero saber nada de hombres», me repito. Solo que, esta vez, la vocecilla de mi cabeza ya no suena tan firme como de costumbre.

No quiero saber nada de hombres.

—¡Anna, espera!

Me llama. ¿Por qué me llama? Acabo de salir del vestuario y ya me iba para casa.

Hoy hemos coincidido de nuevo en la sala de musculación y hemos retomado esa rutina de miradas y sonrisas como si la conversación del miércoles no hubiera existido, como si el leve tonteo con el que me niego a emocionarme no se hubiera repetido en mi cabeza docenas de veces con diferentes resultados, a cada cual más intenso.

A medida que me giro, una sonrisa traicionera, nacida de lo más profundo del estómago, se dibuja en mis labios.

Él viene hacia mí y se apoya de costado en la pared. Tan *sexy*, jugando con la venda que lleva en las manos y que, sospecho, ya se ha dado cuenta de que me vuelve loca. Sonríe.

—Me parece que el miércoles nos quedamos a mitad de una conversación muy interesante —dice.

—¿Ah, sí? ¿Sobre qué?

—Me contabas qué clase de hombres te gustan.

Me echo a reír, nerviosa como una colegiala. Soy yo la que se ha sonrojado en esta ocasión.

—Ah, eso —murmuro.

Él asiente.

—Me preguntaba si querrías cenar conmigo esta noche, y así continuamos con la conversación. Si no tienes nada que hacer.

Me quedo muda como un muñeco de cera mientras asimilo lo que acaba de decir. ¡Quiere verme esta noche! Dios mío, no, yo no quiero tener nada que ver con hombres, no, y menos con uno como este, que puede hacer conmigo lo que quiera. Literalmente. Aunque no me refiero a su superioridad física, sino a lo que hace con mi corazón y con mi estómago y, sobre todo, con mi entrepierna, cada vez que aparece.

—Claro. —¿Claro? ¿He dicho «claro»?—. Podemos continuarla esta noche.

Él asiente, satisfecho.

—Genial. Tengo clases hasta las ocho. ¿Nos vemos en la puerta a esa hora o prefieres que te recoja en algún sitio? He aparcado cerca.

—Nos vemos aquí —digo—. Vivo a una manzana de distancia.

Él me mira con un brillo juguetón en los ojos, el gris se oscurece y amenaza tormenta. La proximidad de mi casa le resulta interesante. A mí también.

Me estoy poniendo nerviosa y cachonda a partes iguales, así que busco alguna manera ocurrente de largarme corriendo de aquí. De vuelta a las viejas costumbres. ¿Para qué necesito correr si cada vez que me habla vuelo directa a sus brazos?

—Pero dúchate antes. —Me despido con un guiño y me alejo, agitando el pelo de una manera que espero que resulte provocativa.

Solo al llegar a la puerta soy consciente de lo que acabo de decir. ¿Que se duche? ¿Le he llamado guarro? Dios mío, no era mi intención, él nunca huele mal. O puede que crea que eso significa algo más, como que quiero que esté bien limpio para recorrer su cuerpo con la lengua, desde el cuello hasta la punta de los pies. Oh, joder, si ha pensado eso, no va desencaminado.

¿Y qué demonios me pongo? Con dos horas por delante para decidir, acabo tirando abajo todo el armario. El vestido azul, demasiado elegante; el gris, demasiado aburrido. Me decanto por uno negro, corto y ajustado.

Pero él irá con vaqueros. No, peor, vestirá la ropa de deporte, pues no tendrá tiempo de ir a su casa a cambiarse. Mi traje resulta exagerado, en comparación. ¿Qué hago? Fuera el vestido. Me embuto en unos pantalones ajustados y una camiseta de sport. Demasiado informal, sustituyo la camiseta por un top de tirantes. Mejor. Y por si aún resulta excesivo, me calzo unas botas bajas, tipo motero, muy a la moda y nada elegantes. Estupendo. Que sea lo que Dios quiera. Me queda una hora para peinarme y maquillarme. En una ocasión normal me daría tiempo de sobra, pero al ritmo al que voy hoy, no sé si lo conseguiré. A correr.

A las diez en punto doblo la esquina del gimnasio, con mis vaqueros, mis botas y mi top. He dudado de la elección hasta el último instante, y si no he aparecido con el traje negro, buscando guerra, es porque no me ha dado tiempo a cambiarme.

Caleb está en la puerta, apoyado contra la pared. Al contrario de lo que esperaba, lleva puesta una camisa negra y unos vaqueros que parecen diseñados a medida para sus caderas. Entonces reparo, por primera vez, en el hecho de que yo nunca estoy en el gimnasio cuando él llega ni cuando se va, por lo que es posible que venga con ropa de calle y se ponga allí la de deporte. ¿Por qué no se me ocurrió antes?

Ajeno a mi presencia, trastea con el teléfono móvil mientras me espera. Cuando me acerco lo suficiente, levanta la vista y sonríe.

—Puntual —saluda—. El tipo de mujer que me gusta.

—¿Vamos a empezar ya a contrastar gustos?

Él mueve la cabeza en una negación.

—La noche es larga.

Me guiña un ojo, ese gesto tan suyo que me derrite, y me enseña el móvil.

—Estaba buscando algún sitio donde cenar por aquí cerca, para no tener que mover el coche. Ya que vives por el barrio, seguro que tú conoces alguno.

Trazo un repaso mental rápido por los bares de la zona. Este no es un barrio que destaque por su agitada vida nocturna; hay algunos pubs, por supuesto, aunque estarán llenos de borrachos, turistas o turistas borrachos. Se me ocurre un local italiano que abrió hace dos meses, después de mi ruptura con Paul, y que no me recuerda a mi ex. Visto desde fuera, parece un local pequeño y nada romántico, para que no se confunda. Me mantengo firme en mi idea original de «nada de hombres». ¿Y entonces qué hago aquí? No pensar en ello, por supuesto.

—Hay un italiano aquí cerca —propongo— Nunca he estado, pero tiene buena pinta.

Él asiente.

—Te sigo.

Yo me trago las ganas de decirle que me siga hasta mi casa, aunque es lo primero que me viene a la boca. Sonrío, azorada, y abro camino.

—Por cierto —se inclina a dos centímetros de mi oreja—, no te lo he dicho todavía, pero estás preciosa.

Su aliento me eriza la piel del cuello y me provoca una nueva sonrisa, una de esas que se forman entre los muslos, recogen los nervios del estómago, se enredan con el palpitar del corazón y se delatan en los labios traicioneros. Giro la cara y me encuentro con sus ojos, a un palmo de los míos.

—Gracias —acierto a decir, no sin esfuerzo—. Nunca me habías visto maquillada.

—No es eso —niega—. También estás preciosa sin maquillar. Todos los moscones que te siguen por el gimnasio están de acuerdo conmigo.

Agradezco al cielo no haberme puesto tacones, porque estoy a punto de trastabillar y caer al suelo. Si me sigue sonriendo de esa manera, a esa distancia, no aseguro que lleguemos al restaurante. Ni siquiera aseguro que lleguemos a la esquina.

—¿Moscones, yo? —bromeo, para aliviar la tensión—. Moscas las que te siguen a ti.

Él esboza una mueca.

—¿Me siguen a mí? —pregunta y, para mi sorpresa, creo que lo pregunta en serio—. No sé, cuando entreno no veo nada. —Suena casi a disculpa, aunque una nueva sonrisa lo convierte en algo travieso y sugerente—. Excepto a una castaña con la que comparto sala y que siempre sale del vestuario cuando comienzo las clases.

Me paso la mano por el pelo, esa castaña soy yo y, por una vez, voy bien peinada. Me muerdo la sonrisa en una lucha inútil por dejar de mostrarme como una idiota.

—Eso se lo dirás a todas —bromeo.

Él estalla en una carcajada sin tiempo para responder, pues en ese momento llegamos al restaurante.

Se trata de un local discreto, casi imposible de distinguir desde la calle si no sabes que está ahí, con un cartel oscuro, apenas iluminado por un foco de aspecto antiguo, y un macetero con flores naturales junto a la puerta.

El interior imita las piedras de una casa romana, y grandes cuadros de las ruinas italianas decoran las paredes. Cada mesa destaca en la penumbra bajo una coqueta lámpara que cuelga baja, lo suficiente para iluminar un encantador florero de cristal que acoge una rosa auténtica. El jodido restaurante es mucho más romántico de lo que mi mente cínica quería creer. La aterciopelada voz de la canción que mana de los altavoces tampoco ayuda.

Acodados sobre la barra, una pareja hace cola, entre besos y miradas, a que quede libre una de las mesas del interior. El camarero calcula que nosotros tendremos que esperar diez minutos, al menos, y tras una breve mirada, Caleb y yo asentimos, conformes.

—¿Les apetece tomar algo mientras esperan? —pregunta el hombre con pajarita—. ¿Vino, cerveza?

—Una copa de vino blanco —pido.

Caleb parece indeciso.

—Cerveza sin alcohol, para mí.

El camarero se marcha a por los pedidos y nos deja solos, en una esquina de la barra.

—¿Sin alcohol? —pregunto, sorprendida—. Los deportistas no bebéis, claro.

Él sonríe con calidez, un gesto que nunca le había visto hasta ahora. ¿Con cuántas sonrisas diferentes es capaz de acelerarme el pulso?

—No debemos. Aunque en ocasiones, si no estoy en época de competición, me permito algún desliz.

Sus palabras, pronunciadas con la seriedad de un profesor, me fuerzan a elevar las cejas con pretendido escándalo.

—No me digas.

—Siempre con moderación.

—Oh, la moderación —exclamo, con gesto teatral—, qué palabra más horrible.

Él se ríe, y se inclina hacia mí.

—¿No te gusta la moderación? —susurra su boca, a centímetros de la mía.

—Soy más de excesos —susurro a mi vez.

Él alza la mirada, desde mis labios hasta los ojos. Apenas logro respirar.

—Qué peligro tienes —murmura esa sonrisa tras la que oculta una mirada oscura.

—Tú sí que eres peligroso.

—¿Te doy miedo?

—Sí.

—Pues apártate.

Es una invitación, un reto: «apártate si puedes». No puedo. Me humedezco los labios. No lo hago de manera consciente, es que su cercanía me seca la boca, tanto como humedece otra zona muy concreta de mi anatomía. Él sigue el movimiento de la lengua con la mirada, que luego devuelve a mis ojos. «Bésame» quiero pedirle, exigirle.

La llegada del camarero con las bebidas es la excusa perfecta para aferrarme al silencio. Nos separamos como quien pierde el avión que lleva una vida esperando.

Caleb toma su botella y, sin servir el contenido en la copa que le han traído, la alza en el aire para brindar.

—Por los excesos —dice.

Yo choco cristal contra cristal con un tintineo. Mi mano tiembla.

—Por los excesos.

Ambos bebemos, mirándonos a los ojos, sonriéndonos promesas. Deberíamos hablar, romper este silencio que oculta tantos deseos y tanto miedo, pero lo único que quiero es estrellar mi boca contra la suya y olvidar todos mis firmes propósitos de abstinencia sexual. No quiero abstinencia, lo quiero a él, su cuerpo, sus manos, su boca, su polla dentro de mí. Ya.

—Así que —hablo, desesperada por encontrar un tema de conversación que me aleje de esos pensamientos—, ¿cuánto tiempo llevas practicando artes marciales?

Él pone los ojos en blanco mientras calcula. Yo aprovecho que se aleja para mirarlo sin tapujos. Su dedo índice se desliza arriba y abajo por la botella de cerveza, fría y salpicada de diminutas gotas de condensación. Arriba y abajo...

—Toda la vida —concluye, al fin—. Empecé haciendo kárate en el colegio. Ya sabes, lo clásico, mis padres apuntaron a mi hermana a ballet y a mí, a kárate.

Tiene una hermana, me lo apunto.

—Y te gustó —resumo lo evidente.

—No fue solo que me gustara, fue... —titubea, buscando la mejor manera de expresarlo—. El profesor no se limitaba a enseñar los movimientos como si fuera una coreografía: una pierna delante, luego el brazo, el otro atrás... Ya sabes. —Yo asiento, aunque me cuesta escucharlo. Su dedo sigue arriba y abajo por la botella húmeda. Arriba y abajo...—. Él veía las artes marciales de otra manera. Nos enseñó todo lo que entrañan, una filosofía mucho más profunda que un simple combate.

—¿Qué filosofía es esa?

—Honradez, justicia, compasión, respeto, honor...

¡Se ha sonrojado de nuevo! Doy otro trago de vino, tengo la boca seca y el resto, empapado.

—Parece un código militar.

Su risa es un alivio, pues por un instante temí que mis palabras lo hubieran ofendido.

—Es que casi todas las artes marciales nacieron como disciplinas militares, al fin y al cabo.

Asiento, tiene razón.

—Y te enganchaste tanto que seguiste con las demás... ¿cómo se dice, «artes»?

Él afirma con la cabeza.

—Sí, se puede decir que me enganché. Tenía siete años y...

—¡Madre mía, eras un crío!

Su boca, preciosa, abierta en una risa sincera y libre. Dios, esa boca sobre mi cuerpo...

—Era un crío, sí —confirma—. Pero aquello me impactó, era justo lo que necesitaba. Estábamos pasando una mala racha en casa, mis padres discutían constantemente, yo tenía problemas en el colegio... El kárate se convirtió en un refugio para escapar de las peleas y los reproches y toda la mierda que se extendía a mi alrededor.

Aparto la mirada, sin saber qué contestar. No quiero que me cuente eso, que me hable de su infancia ni de sus problemas, no quiero saber que es una persona normal, con sus traumas, como todo hijo de vecino. Necesito limitar su existencia a un cuerpo perfecto o me enamoraré de él. No, joder ¿qué dices? Me refiero a que me engancharé. O lo que sea.

Él ignora mi silencio y continúa con la historia.

—En tres años ya era cinturón negro, que es bastante rápido. Ganaba combates y campeonatos, pero todavía era demasiado pequeño para pasar a categorías superiores, así que comencé a investigar otras técnicas.

—Para no aburrirte.

Él vuelve a asentir.

—Algo así, sí.

—¿Y no duele? —pregunto—. Los golpes, quiero decir.

—Generalmente, sí —admite.

—¿Y qué pasa cuando te hacen daño?

—Te levantas.

—Me refiero a cuando te hacen daño de verdad.

—Te levantas.

—¿Cuando no puedes seguir?

—Te levantas.

Guardo silencio, parapetada tras la copa de vino, para no hacer la misma pregunta que me proporcionará la misma respuesta. Si te caes, te levantas. Si te duele, te levantas. Si no quieres seguir, te levantas. Así se forja un cuatro veces campeón de Gran Bretaña y dos de Europa. Si duele, te levantas.

Si te rompen el corazón, te levantas.

Antes de que podamos decir más, el camarero se acerca para avisar de que nuestra mesa está preparada.

Es una mesa pequeña, íntima y alejada del barullo en un rincón al fondo del local. Si la hubiera elegido yo, no habría sido otra.

Ojeamos los menús. O, mejor dicho, yo ojeo el que me entrega el camarero, porque Caleb echa un vistazo rápido al suyo y lo cierra.

—¿Ya has decidido? —pregunto, sorprendida.

—No tengo muchas opciones, estoy en época de competición. Pasta integral con pollo y verduras.

—Qué aburrido.

Él asiente, resignado.

—Es lo que toca —se encoge de hombros—. Además, seguro que tú también te cuidas. Ese cuerpo no se mantiene con pasteles y golosinas.

—¡Eh! ¿Algo que objetar de este cuerpo? —pregunto, con fingida indignación.

Él se muerde el labio inferior al tiempo que niega con la cabeza.

—Todo lo contrario —murmura en un tono grave y lento que me eriza la piel—. Aunque esta noche le sobra ropa, para mi gusto. —Antes de que pueda fingir que me escandalizo, añade—. En el gimnasio va menos cubierto.

—¿Sí? Tú también vas menos tapado allí.

Alza las manos en el aire, como si se rindiera. No me lo creo ni por un instante.

—Tengo que estar cómodo —dice.

—Yo también.

—Ya, pero tu comodidad...

La llegada del camarero para tomar nota de los pedidos interrumpe su frase. Caleb pide su pasta aburrida y yo, una sencilla, con champiñones y tomate.

—Tu comodidad —continúa, cuando nos quedamos de nuevo a solas, como si nada lo hubiera interrumpido—... tiene revolucionado a todo el gimnasio.

Me echo a reír.

—Venga ya, ¿qué dices?

—¿No te has dado cuenta? Cada vez que haces ejercicios de suelo sube la temperatura en la sala. —Bebo otro trago para que no vea el tono colorado que ha incendiado mi rostro—. Eres tema recurrente de conversación en los vestuarios. Los pantaloncitos negros que llevabas ayer tienen hasta club de fans.

La carcajada es tal que se me saltan las lágrimas. La risa de Caleb es más honda que la mía, más suave. Quiere que quede claro que no bromea. O no del todo.

—¿Y tú formas parte de ese club de fans? —pregunto.

Para mi sorpresa, él niega.

—Yo quiero formar parte de un club en el que no haya más miembros. Solo nosotros dos. Sin ropa.

Respondo con un nudo en la garganta, que exige ser sustituido por su polla antes de dos minutos.

—No sería muy cómodo entrenar desnuda —balbuceo.

—Para el tipo de entrenamiento que tengo en mente, es lo mejor.

—Apuesto a que sí.

Él sonríe, travieso.

—Los chicos en los vestuarios se preguntan si llevas ropa interior debajo de los pantalones.

Me humedezco los labios con un gesto juguetón que él sigue con la mirada.

—¿Tú qué crees?

—No pienso en ello demasiado. —Su respuesta me decepciona, hasta que, acto seguido, añade—. Estoy dispuesto a descubrirlo por mí mismo.

Incapaz de contestar, alargo la mano hacia la copa y, con los ojos fijos en los suyos, bebo un trago de vino. Ya no está frío, o seré yo, que estoy demasiado caliente.

—¿Tienes calor? —pregunta, como si me hubiera leído el pensamiento.

—¿Te sorprende, con esta conversación?

Él coge su cerveza.

—Aún vas a tener más calor antes de que acabe la noche.

Cada uno, resguardado tras el valor que proporciona la oscuridad a los que son demasiado cobardes o saben que se lo juegan todo, nos miramos por encima de las bebidas, con sendas sonrisas traviesas y las ideas muy claras. Él sabe exactamente lo que quiero yo. Yo sé exactamente lo que quiere él. Y cada vez estoy más dispuesta a entregárselo. A saltar al vacío y confiar en que no me dejará caer.

A levantarme.

—¿Estás muy seguro de ti mismo, no?

Me contesta con otra pregunta.

—¿No decías que era demasiado vergonzoso?

—Ya no sé qué decir. No sé cómo eres en realidad.

—Soy lo que ves. Un hombre cuando entrena, cuando compite, cuando es Caleb Lowes, el luchador, seguro de sí mismo y fuerte y todo eso que aparento. Y otro aquí, en el mundo real, en un restaurante precioso, intentando hacerse el duro con la mujer que le gusta.

La llegada de la cena me da tiempo para buscar un poco de aire. Toda la tensión de mi cuerpo está chapoteando en la entrepierna, y no sé si lo logro.

—¿Qué esperas de esta noche, Caleb Lowes?

Mi pregunta, absurda en principio, es más profunda de lo que puede parecer. Necesito saber si estoy metiendo la pata, si me voy a arrepentir de esto, si me va a robar el corazón y hacerlo añicos entre esas manos que reposan sobre la mesa.

—Espero descubrir si tu casa está muy lejos.

Dios, Dios, ¿por qué no puedo subirme a la mesa y arrancarle la ropa aquí mismo? ¿Y por qué me excita esa actitud engreída y segura, cuando nunca me han gustado los tipos así? ¿Será porque he visto su mirada tímida? ¿Porque sé que hay algo más ahí dentro, algo diferente a esto que quiere aparentar? ¿Porque me gustaría de cualquier manera? Sí, él sí, de cualquiera de las maneras, él sí.

—¿Cómo sabes que no tengo un marido y tres chiquillos esperándome? —le pregunto.

Se encoge de hombros, como si eso no fuera demasiado importante en realidad.

—No pareces el tipo de mujer que saldría a cenar con un hombre a un restaurante cercano a su casa mientras su marido y los tres chiquillos la esperan amantísimos junto a la tele.

—Quizá te equivoques. Quizá lo sea.

—Sería una gran decepción. Y preferiría saberlo ya.

Niego.

—No hay marido ni chiquillos.

—¿Ni pareja de ningún tipo? —insiste.

Yo vuelvo a negar.

—No tengo a nadie.

Él alza su bebida en el aire.

—Repíteme eso mañana —responde—, cuando nos despertemos abrazados y desnudos.

La conversación va encendiéndose cada vez más y más rápido, al tiempo que se enfría la pasta en mi plato. Bajo la vista y jugueteo con el tenedor, enredando los *tagliatelle* como quisiera que enredara mi cabello en sus dedos.

—¿No comes? —me pregunta, con su sonrisa segura y tranquila de luchador.

Lo miro a los ojos.

—No es esto lo que quiero comerme ahora mismo.

Por fin, por una puñetera vez, soy yo la que lo deja sin habla.

—Repítelo —exige con voz ronca.

El mundo se detiene. Las luces a nuestro alrededor pierden intensidad y la gente en las mesas contiguas desaparece. El murmullo de voces cesa. Solo existimos él y yo, ahora mismo, y la decisión es mía.

—No es este plato de pasta lo que quiero meterme en la boca.

Suelta el tenedor y saca la cartera del bolsillo. Extrae cuarenta libras y las deja sobre la mesa.

—Al desayuno invitas tú —dice.

Salimos del restaurante. Los platos de pasta se quedan allí, casi sin tocar.

Hace calor, el verano está cerca, pero apenas me da tiempo a notarlo. En cuanto pisamos la noche, Caleb me agarra por la cintura y me empuja contra la pared, me aprisiona con su cuerpo y me besa. Su lengua invade mi boca y todas las reticencias y promesas que llevan semanas tambaleándose en mi cerebro se desvanecen como los faros del coche que se aleja por la avenida.

Me agarro a su espalda y rodeo su cintura con la pierna. Él la sujeta con la mano, posesivo, para que no resbale. Siento su erección aplastada contra mi vientre y me restriego con ella hasta que lo escucho gruñir.

—Llévame a tu casa —dice, con tono grave, excitado—. Ya.

—¿O qué? —jadeo contra sus labios.

—O te arranco los pantalones aquí mismo.

Me río. Y con la excusa de la risa me lanzo de nuevo a por su boca y le muerdo, juguetona, el labio inferior. Él me clava los dedos en las nalgas.

—Niña mala —jadea.

Dios, me encanta eso.

—Vamos —digo.

Mi casa está cerca, muy cerca, a menos de cinco minutos a un paso normal. Solo que no vamos a paso normal. Cada diez metros nos paramos, me empotra contra la pared y me besa. Sus manos recorren mi cuerpo por encima del top y también por debajo. Siento sus dedos acariciar mis costillas, ascender hasta los pechos y manosearlos, mientras yo gimo de placer, entregada a él.

Desliza los labios por mi mandíbula hasta el cuello, lo besa, lo lame y lo muerde; acaricia mis pezones por encima de la tela del sujetador. No me importa si alguien nos ve, ni siquiera soy consciente del resto del mundo que transita por la misma calle que nos pertenece a nosotros y solo a nosotros.

—Sigamos —jadeo sin aire—, o no seré capaz de llegar.

—Te aseguro que vas a llegar —dice, en un juego de palabras que me acelera el pulso—. Vas a llegar muchas veces.

Logro separarme de la pared y echar a andar hacia mi casa. Qué coño, casi echo a correr. Nunca me había dado cuenta de lo lejos que está.

Llegamos al portal tras treinta años de viaje. Me cuesta varios intentos abrir la puerta, pues mis dedos tiemblan y Caleb me abraza por detrás y me lame el cuello y los hombros mientras restriega su polla contra mi culo. Ambos jadeamos.

Casi caemos hacia delante cuando, al fin, logro abrirla. El impulso nos lleva hasta el ascensor, que, por suerte, está en el vestíbulo. Entramos y pulso el botón del cuarto.

Caleb me arrincona contra la esquina. Mientras me besa, sus dedos se enzarzan en una batalla contra el cierre de mi pantalón.

—¿Elegiste esto para ponérmelo más difícil? —jadea contra mi boca.

—No te lo iba a dar todo hecho —bromeo.

Él sonríe victorioso cuando logra desabrocharlo, bajar la cremallera y meter la mano bajo las bragas. Clava los ojos en mis pupilas dilatadas, y se humedece los labios con el jadeo que se me escapa al sentir sus dedos en el sexo.

Pese a la dificultad de movimientos, en esa postura y con la ropa puesta, le basta y le sobra para volverme loca. Cierro los ojos y gimo cuando me pellizca el clítoris. Él sonríe, disfruta de su victoria sobre mí, esa de la que estaba tan seguro.

Su superioridad me molesta, yo también quiero jugar. Bajo las manos hasta su entrepierna y le acaricio el bulto que se aprieta dentro del pantalón. Él suspira. Su polla palpita bajo mis dedos, le tiene que molestar ahí dentro, comprimida. Le desabrocho el cinturón y luego el vaquero. Uno a uno, voy abriendo los botones que parecen no terminar nunca, y, justo cuando al fin voy a acceder a su miembro, me agarra por las nalgas y me levanta en aire.

El ascensor lleva un rato en mi piso, no sé cuánto. Caleb solo tiene que avanzar dos pasos para salir al pasillo.

—Hacia dónde —pregunta, con los ojos grises fijos en los míos.

Yo he enterrado los dedos entre su cabello y lo miro desde arriba, con las piernas rodeando su cintura y sus manos sujetándome por las nalgas.

Por un instante, solo un instante, querría quedarme en esa imagen para siempre. Él, como un poste fijo que me sujeta en la tempestad, y sus ojos, brillantes y excitados, para anclarme a tierra.

—Derecha.

Solo hay dos puertas en cada planta. La derecha es la mía. Me posa en el suelo y me besa la nuca mientras abro. A este ritmo voy a estallar antes de entrar.

Abro, entramos, cierro, tiro las llaves al suelo y el bolso detrás. A quién le importa. Él me gira entre sus brazos y me saca el top por la cabeza. Me baja las asillas del sujetador y cubre mis pechos con las manos cuando los tiene al alcance. Yo me peleo con su pantalón. Ya he conseguido desabrocharlo en el ascensor, pero no puedo acceder a lo que me interesa. De repente, él me levanta en el aire, como antes. Yo señalo al pasillo que lleva hasta el dormitorio.

Allí me lanza sobre la cama y se arrodilla entre mis piernas abiertas. Agarra el pantalón y lo baja, rápido, impaciente, mirándome a los ojos. La luz que se cuela desde la calle me basta para interpretar la expresión ardiente de su mirada. Me relamo con su sonrisa de anticipación.

Me quita las botas y los calcetines, luego, el pantalón. Me muerdo los labios. Él asciende por mi cuerpo sin dejar de mirarme a los ojos, gateando como un felino al acecho de una presa, recorriendo mis piernas con la lengua.

Su boca en la rodilla me produce un cosquilleo que se extiende por todo el cuerpo. Cuando sigue subiendo, la risa se convierte en suspiro. Me besa en los muslos. La piel se eriza con la humedad de su aliento. Continúa el ascenso. Me arqueo hacia él cuando su boca se detiene a un centímetro de mi sexo. Sus labios me besan por encima del tanga.

—Ah... Hazlo, por Dios... —jadeo.

Él se ríe. Parece como si hubiera estado esperando mi permiso. O mi ansiedad. Agarra el tanga y me lo arranca de un tirón que me hace gemir de placer. Entonces hunde la boca en mi sexo, y el gemido se convierte en un grito ronco y ardiente. Recorre mis pliegues con la lengua, sus dientes acarician el clítoris, sus labios cubren los míos.

Retuerzo las sábanas entre los puños, mientras me estremezco y me entrego al placer que Caleb me da, como si lo hubiera hecho mil veces, como si conociera mi cuerpo mejor que yo misma.

Sus dedos se abren hueco dentro de mí y localizan el punto G como si tuvieran un mapa. Lo acarician y lo frotan, y yo vuelvo a gritar. Me retuerzo a saltos sobre la cama. Siento que vuelo, en medio de una nube caliente y húmeda, incapaz de controlar nada. Solo la mirada, clavada en sus ojos, que no se separan de los míos, que disfrutan de mi placer con el deleite de una victoria.

Inmoviliza mis piernas bajo los brazos cuando nota que comienzo a sacudirme. Apenas soy consciente del modo en que sonríe, su boca en mi sexo, sus dedos, sus ojos. El orgasmo me sacude como una cañería que explota, se alarga entre mis gritos, mis jadeos, mi rendición.

—Oh, Dios, sí... —suplico cuando no puedo más.

Él se aparta lo suficiente para quitarse la camisa por la cabeza, sin desabrocharla. La luz de la noche que se cuela por la ventana dibuja figuras sobre sus abdominales.

Yo me incorporo y los recorro con la lengua, duros como el mármol y calientes como un incendio.

—¿Tienes un preservativo? —pregunta.

No puedo hablar, así que señalo hacia la mesilla. Él abre el cajón y saca la caja que tengo desde hace mucho, mucho, tiempo ahí. Coge uno y se lo pone. Luego se tumba sobre mí y, cuando creo que me voy a morir, me penetra de un golpe, y mi grito perfora el aire.

Rodeo su cuerpo con las piernas y entrelazo los tobillos sobre sus nalgas. Él taladra mi sexo ya destrozado y sensible. Me agarro a su espalda, clavando en ella los dedos, arañando su piel, y él se desploma sobre mi boca. Me devora, sin dejar de embestir, sin dejar de matarme, dulce y dolorosamente. Su lengua me abrasa, me engulle.

Me agarra de las nalgas y me levanta en el aire, pegándome más a su piel, aumentando la intensidad de las embestidas. Veo mis pies, con las uñas de los dedos pintadas de rojo, dando saltos en el aire. Entre gritos, cierro los ojos y doblo el cuello hacia atrás, él me lo besa, me lo muerde, y me regala un segundo orgasmo, que no logro retener, que se vierte en gritos contra sus labios.

—Mírame —exige.

Abro los ojos y lo miro, y en ese momento se corre dentro de mí, con un rugido animal, desesperado. Maravilloso.

Durante los siguientes segundos, su respiración, rápida y profunda, acaricia mi piel. Sus labios húmedos son una tentación. Alzo la cara y los recorro con la lengua. Él me responde, con un beso cálido e inesperadamente tierno.

Se deja caer a mi lado y me acaricia el rostro, húmedo de sudor. La sonrisa que me ofrece me desarma, me arrebata todos los miedos, las dudas, los recelos.

Me abrazo su pecho y me refugio en los latidos de su corazón hasta quedarme dormida.

No quiero saber nada de hombres.

Cuando abro los ojos, la mañana ya está avanzada. El sol brilla con fuerza a través de la ventana, y la luz que caldea la habitación no es nada comparada con la presencia que siento a mi lado.

Él sigue ahí, noto su respiración en la nuca y su pecho cálido pegado a mi espalda. Me rodea con un brazo, que reposa lánguido sobre mi cintura, y con una pierna, enredada entre las mías. Estamos desnudos, envueltos en las sábanas en el silencio de una mañana de sábado en la que el mundo entero parece haberse detenido para nosotros.

Permanezco inmóvil, dichosa en esos segundos de calma y felicidad, temerosa de romper el momento. No quiero que se despierte y que todo lo que hicimos ayer se estropee. Que este amanecer se pierda para siempre.

No sé por qué pienso así, por qué sigo empeñada en que no va a funcionar, cuando nunca antes me había sentido como anoche. Nadie me había mirado como él, sonreído o hablado como él. Nadie me había llenado como él.

Muy despacio, me doy la vuelta y lo veo. Está profundamente dormido, su pecho desnudo se infla y se desinfla con cada respiración. Así, de cerca, con esta luz y tan quieto, aprecio la perfección de su torso. Los pezones, tan pequeños, tan hermosos, los abdominales... Deslizo hacia abajo la sábana que apenas lo cubre. Quiero ver más.

Su polla duerme plácidamente, y aun así me doy cuenta de lo bien dotado que está. No es que anoche me dejara ninguna duda, pero es la primera vez que puedo contemplarla con calma. Y la mera visión sirve para excitarme al recordar el modo en que estuvo dentro de mí hace apenas unas horas. Es hermosa. Tiene la zona depilada, como el resto del cuerpo, y siento ganas de acariciarla con los dedos, con los labios. Me relamo. La deseo, deseo besarla, hacerla mía.

Me acerco con cuidado, para no despertarlo antes de tiempo, y lo beso justo encima de donde comienza su miembro. Él no lo nota, o al menos no reacciona. Yo sonrío, no lo puedo evitar. Saco la lengua y la lamo, lubricándola con saliva desde la base hasta la punta. Eso le hace estremecer, si bien aún no está despierto del todo. Le beso el glande y lo recorro de arriba abajo con los labios.

—Buenos días... —jadea.

Ya está despierto.

Vuelvo a besarla y él abre los ojos, apenas un poco, molesto por la luz.

Sin esperar, me meto su polla en la boca. La humedad de la saliva me facilita el camino. La introduzco en mi garganta, dentro y fuera, y me deleito en su manera de jadear y en la forma en que su miembro se hace más grande y más duro contra mis labios.

—Más rápido... —suspira.

Acelero hasta que un gruñido me indica que he dado con la velocidad justa. Le acaricio los testículos con la mano, me saco la polla de la boca y los recorro con la lengua, los succiono y él se agita en un escalofrío.

—Ah, joder...

Lo hago de nuevo y regreso a su polla.

Gruñe, jadea. Entierra los dedos en mi pelo y me impone su ritmo, cada vez más rápido. Me afianzo a sus caderas para no perder el equilibrio. Él resopla cuando cada uno de sus músculos comienza a temblar.

—Anna... Apártate si no quieres que...

No me aparto, aprieto los labios y continúo más fuerte, más, más, más al fondo, hasta que se corre dentro de mi boca. Descargas como cañonazos de placer. Gemidos. Suspiros.

Me trago su leche. Nunca antes lo había hecho ni lo había deseado, siquiera, pero con Caleb es diferente, quiero darle el mismo placer que me proporcionó él ayer. Disfruto de cada gemido que escapa de su garganta y, cuando se vacía, me dejo caer de vuelta al colchón. Él jadea. Yo también.

Gira la cabeza para mirarme y descubro una enorme sonrisa en sus labios.

—El mejor despertar que he tenido nunca —susurra.

Yo me río.

Él alarga la mano y me acaricia la mejilla con la misma ternura que me demostró anoche. Mi risa se corta de golpe. No deja de sonreír. Se incorpora de lado, apoyado sobre el codo. Rodea mi nuca con la mano y me arrastra hacia él. Me besa con suavidad, dulce, cubre mi boca con los labios y la acaricia con precaución, como si deseara comerme, pero tuviera miedo de empezar. Yo cierro los ojos y disfruto de ese roce tan delicado que me eriza la piel.

Lentamente, desliza la mano por mi cuello hacia el escote. Su boca se separa de la mía para coger distancia y mirarme.

Las yemas de sus dedos se pasean sobre mi pecho, muy despacio, desde la parte superior hasta el pliegue inferior, luego escalan suavemente hasta el pezón.

Me mira a los ojos y yo me quedo enganchada a los suyos, incapaz de apartar la mirada. Mis nervios vibran a medida que el pezón se endurece bajo sus dedos. Es tan suave que casi me cuesta sentirlo, aunque toda mi atención, mi sensibilidad está puesta en su caricia. Cada movimiento de la mano, cada parpadeo, cada exhalación de su boca es lenta. Ya no queda nada de la ansiedad de anoche, esto es distinto. Me observa y me toca como si quisiera aprender a dibujarme.

—No te olvides de respirar —susurra con una sonrisa traviesa.

Entre un jadeo y una risa, el aire vuelve a entrar en mis pulmones. Tiene razón, se me había olvidado hacerlo, e incluso ahora respiro con dificultad, con la boca entreabierta en un jadeo ahogado que me seca los labios. Me los humedezco con la lengua y él sonríe un grado más. No puedo apartar mis ojos de los suyos, me tiene atada con lazo a ese color gris que ahora es más oscuro que de costumbre.

Su mano abandona mi pecho y comienza el descenso, lento y suave, hacia el estómago, acaricia la cadera y se adentra entre los muslos. Vuelvo a jadear, a estremecerme. Separo las piernas. Caleb sonríe.

Introduce un dedo en mi vagina empapada sin ninguna dificultad. Se mete dentro de mí, primero un dedo, luego dos.

Me acaricia y presiona justo donde debe hacerlo para revolucionar mis pulsaciones. Todo mi cuerpo se tensa, arqueo la espalda para darle acceso. Él no se inmuta, solo sonríe sin dejar de mirarme a los ojos.

Poco a poco, aumenta la velocidad con la que me embiste. La palma de la mano golpea mi clítoris, cada vez más fuerte, las dedos me presionan el punto G, rápido, duro, y mi respiración se une al ritmo acelerado de lo que hasta ahora era una mañana silenciosa y tranquila.

No hablo, no necesito hablar, con sus ojos fijos en los míos él lee cada una de mis reacciones, y sabe adaptarse. Acelera cuando nota que lo necesito. Y lo necesito ya.

De repente, me agarra de las caderas y me tumba boca abajo.

Se aparta un instante, lo justo para buscar un preservativo en la mesilla y ponérselo.

Yo me incorporo a cuatro patas. Con el culo en alto y recostada sobre los antebrazos, noto la humedad que chorrea entre los muslos.

Él regresa, y siento su polla, dura, tanteando mi vagina. Inclino el culo hacia él, lo busco, hasta que me penetra con una embestida rápida y profunda.

—Dios, sí... fóllame —le suplico.

Él gruñe, clava las manos en mis caderas y me empuja adelante y atrás, empalándome con su miembro. Acompaso mis movimientos a los suyos. Mis pechos se bambolean con cada embestida. El pelo cae en cascada a ambos lados del rostro y me encierra en un espacio oscuro y caliente. Como él.

Posa la mano en mi espalda. Firme, con los dedos extendidos como si quisiera abarcar todo mi cuerpo. El calor que desprende se cuela hasta mi columna vertebral en su lento ascenso hacia la nuca.

Se inclina hacia delante y me penetra aún más al fondo. Me abraza, hundiendo una mano en mi pecho y la boca en mi cuello. Me muerde. Gimo de placer.

Me pellizca los pezones, los retuerce hasta que el dolor me hace aullar, y entonces escucho su sonrisa. Su aliento recorre mi piel desnuda. Sonrío entre jadeos, tanto como la falta de aire me permite.

Él se empuja con fuerza, cada vez más dentro de mí. Sus embestidas son tan potentes que, en cuanto me suelta, caigo hacia delante, y entonces grito, porque me corro de una manera inesperada y brutal.

Entierro la cara en el colchón para sofocar los gemidos, pero él me obliga a levantar la cabeza.

—Quiero oírte gritar —jadea.

—¡Oh, joder, sí! —grito, como quiere.

—Más.

—¡Sí! ¡Fóllame, joder! ¡Más!

Escucho sus gruñidos animales, una y otra vez, hasta que, de repente, separa mis nalgas con las manos y posa uno de los dedos en el orificio de mi ano. Yo me inclino un poco más, una invitación directa que él confirma.

—¿Puedo? —pregunta.

—Sí, sí... —se lo permito, como le permitiría cualquier cosa en este momento.

Él introduce el dedo, sin dificultad. Estoy resbaladiza, lubricada del placer acumulado.

Lo mete y lo saca, varias veces, aumentando mis gemidos, adecuando el ritmo con el de su polla en la vagina. Yo me uno a su movimiento, dentro y fuera, como un baile. No puedo dejar de gemir. Sentirlo al mismo tiempo en ambos orificios me vuelve loca.

—¿Puedo meterla por detrás?

—Sí... sí... sí... —Lo deseo, sí—. Con cuidado.

—Por supuesto.

Caleb moja sus dedos en el líquido que empapa mi vagina, y lo utiliza para lubricarme un poco más. Un dedo, dos. No encuentra dificultad para penetrarme. Entonces traslada su erección a mi ano, la apoya en la entrada y empuja, suavemente.

—Jo... der... —gruñe.

Centímetro a centímetro, su verga se introduce dentro de mí. Duele, pero no protesto. Quiero sentirlo. Pese al dolor, el deseo es enorme. Se mueve suavemente, con las manos en mis nalgas, abriéndolas para recibirlo.

—Sí... —gimo.

Poco a poco, poco a poco, dolor y placer mezclados en la oscuridad. Hasta que, con un último empujón, termina de clavarse dentro de mí y noto su cuerpo pegado al trasero.

—Ya está... —susurra.

—Sí... —repito yo, completamente entregada a él.

Me está volviendo loca, y lo sabe. Mi cuerpo tiembla, húmedo. Arqueo la espalda y siento su pene aún más dentro.

—Caleb...

Su nombre sabe a sexo en mis labios. Él empieza a empujar y yo lo imito, adelante y atrás, forzando su orgasmo como él forzó el mío.

Nuestros gemidos animales se enredan unos con otros.

Él mete y saca su polla de mi interior, cada vez más rápido y fuerte, separando mis nalgas con los dedos, clavados en la carne. De repente, me da un azote y yo grito un «¡Sí!» inesperado y delicioso.

Me azota de nuevo, como sabía que haría, y yo vuelvo a gritar. Me gusta, me gusta todo lo que me hace y que jamás pensé que me gustaría, que desearía de esta manera. Me gusta que me penetre por detrás y que me azote y que me haga suya. Suya.

Sin sacar su pene de mi culo, se inclina hacia delante y desliza la mano hasta mi vagina. La abre con los dedos y me frota el clítoris, y yo vuelvo a gritar. No puedo más, voy a correrme de nuevo. Me llena hasta saciarme como jamás imaginé.

Él tiembla, dentro y fuera, dentro y fuera, con lubricada facilidad. Yo cierro los ojos y muerdo la almohada. Sé que quiere oírme gritar, y me oye incluso desde ahí abajo, porque mis gritos se escuchan desde el otro lado del Támesis.

Él acelera y se une mi orgasmo. Entre palpitaciones, su polla estalla en mi interior, entre sacudidas y convulsiones de placer que nos derriban sobre la cama. Él encima de mí. Todavía dentro de mí. Me abraza por detrás y me besa en el hombro. Mi ano aún se sacude de placer, cerrándose sobre su polla. Nuestros jadeos se diluyen lentamente en el silencio de una mañana que huele a sudor y satisfacción.

No quiero que salga nunca, nunca de mi interior. Nunca. Pero lo hace.

Me tumba boca arriba, me separa las piernas y entierra la boca en mi sexo.

Yo me rompo en un nuevo grito.

—No puedo más —suplico una piedad que no me ofrece.

Noto un dedo, dos, tres, dentro de mí, con toda la potencia de un luchador. El mundo se nubla y en pocos segundos siento que voy a perder el sentido. No puedo más, no puedo más, no puedo más.

—Vamos, Anna... —me espolea—. Dámelo...

Todo. Estoy dispuesta a dárselo todo hasta vaciarme.

Él mete y saca los dedos, cada vez más rápido. Mi cuerpo se tensa, mi espalda se arquea y se eleva en el aire, mis ojos se cierran, mi boca se abre, mi mundo se tambalea, y entonces lo siento. ¿Qué es eso? Nunca había sentido nada así, una presión que se concentra en lo más hondo de la vagina y amenaza con hacerme estallar. Es caliente, arrollador. No puede ser, esto no puede estar bien.

—No, no... —jadeo.

Caleb sonríe, no dice nada, pero su brazo se mueve tan rápido que toda la cama tiembla.

—No, no, no...

Por su propia voluntad, mi cuerpo trata de huir, pero él no me lo permite. No lo entiendo, ese placer que jamás he conocido. Voy a explotar en mil pedazos.

Me agarro a las sábanas, con miedo de deshacerme en una nube. Las retuerzo entre los puños.

El grito rompe mi garganta cuando ya no puedo pararlo.

Y eso que temía, ocurre; estallo, reviento; mi sexo se convierte en una presa desbordada que deja escapar un chorro de líquido disparado sobre la cama, sobre la mano y el brazo de Caleb, que no deja de sonreír ni aparta la mirada de mis ojos.

Me sacudo como la niña del exorcista, pero él me mantiene inmóvil contra el colchón con una mano firme en mi pecho. Es una tortura, la más placentera del mundo; no me deja huir ni retirarme, y de esa forma me proporciona más placer del que nunca haya sido capaz de imaginar.

—Joder... —susurro mientras recupero el aliento—. Joder...

Él se deja caer sobre mí, finalmente, y yo busco su boca con labios ansiosos. Sus dedos, aún mojados de mí, acarician mi cintura y me provocan una carcajada.

—Joder... —repito.

Nunca había sentido nada como esto, nunca nadie me había hecho algo así. El sexo fabuloso que tuvimos anoche y lo que me ha regalado hoy, todo esto, estas experiencias y el calor que siento dentro de mí, en la vagina y más arriba, en el pecho. En el corazón, que sabe que ya es tarde para salvarse.

No. No. No quiero esto, no puedo caer en esto, no puedo entregarme a él. Así no, no con esta intensidad que me hace desear ser suya para siempre. No quiero saber nada de hombres.

¿Y por qué demonios pienso eso teniendo a Caleb sobre mí?

—Déjame salir —susurro.

Él parece extrañado por mi cambio de actitud, pero se incorpora, despacio, y yo salgo corriendo al cuarto de baño.

¿Qué me pasa? ¿Por qué me siento tan indefensa ante él? Como una niña pequeña, incapaz de rechazarlo, totalmente abandonada a lo que quiera hacer conmigo.

Yo no quiero saber nada de hombres. Me lo juré hace meses. Incluso mientras me masturbaba pensando en él me decía que era solo una fantasía, que era imposible no dejarse afectar por un hombre con un cuerpo como el suyo, que no era más que eso. Y ahora está ahí, en mi dormitorio, entre mis sábanas mojadas, desnudo, con el pene aún húmedo de mi orgasmo. MIS orgasmos. Ni siquiera entiendo lo que me ha hecho. ¿Qué era ese líquido que salió de mi interior? Fue como si eyaculara, pero yo soy una mujer, no un hombre, y las mujeres no hacemos eso. Al menos yo nunca lo había hecho.

Me lavo la cara, orino y me limpio los restos de los sucesivos orgasmos, luego me arreglo un poco ante el espejo. Tengo el pelo totalmente desmadejado, como una loca tras una fiesta salvaje. Justo como me siento.

A punto de salir del baño, me doy cuenta de que no tengo nada con que cubrirme, me di tanta prisa en huir del dormitorio que no pensé en coger alguna prenda de ropa. Voy a tener que salir desnuda.

Tomo aire y abro la puerta.

Caleb no está. El dormitorio aparece vacío, la luz que se cuela por la ventana denuncia mi traición y la cama revuelta me echa en cara todas las promesas rotas. Las bragas que él me arrancó anoche yacen desgarradas en el suelo. Paso por encima, negándome a ver la prueba del delito que representan, y saco otras limpias del cajón. Me pongo también unos pantalones cortos para estar por casa y una camiseta de tirantes.

Abandono el cuarto y me interno en el silencio absoluto de la casa con la desagradable sensación de que él se ha marchado. Sin despedirse, sin una palabra. Adiós. Eso sería horrible y, al mismo tiempo, sería lo mejor que me podría pasar. Una excusa perfecta para odiarlo y no volver a dirigirle la palabra.

Pero no se ha marchado, lo encuentro en la cocina, ante el armario de la despensa, con la puerta abierta, investigando lo que hay dentro. Lo poco que hay, pues mi dieta se sustenta en platos precocinados.

Durante esos instantes en los que no se percata de mi presencia, me deleito con la imagen de su espalda perfecta, desnuda. Solo se ha puesto los calzoncillos, y mis ojos recorren los cuatro arañazos paralelos que luce bajo los omóplatos. Las marcas de mis uñas. Con una sonrisa culpable, permito que mi mirada se deslice hacia abajo, por la curva que guía mis ojos hacia ese culo duro que me atrae como la miel a las moscas. Me contengo en el último minuto, cuando él advierte mi mirada y me regala una de esas sonrisas que me derriten.

Se aleja del armario, como si su contenido dejara de tener interés, y viene hacia mí. Me agarra por la nuca y me atrae contra su boca. Su lengua juega con la mía con una determinación que basta para humedecerme de nuevo. ¿Es que no he tenido bastante? No creo que pudiera llegar a tener bastante de él.

—¿Por qué te has vestido? —pregunta en un susurro. No sé qué responder, su beso me impide pensar en nada—: Ahora tendré que desnudarte de nuevo.

Mi vientre se retuerce de deseo, solo con imaginar sus manos quitándome la ropa otra vez, arrancándola a tirones para devorarme a mordiscos.

Él me guiña un ojo. Ese gesto...

—Pero será después —dice—, tengo un hambre que me muero.

Me río. Lo cierto es que yo también estoy hambrienta. Anoche apenas probamos los platos de pasta del restaurante, y hemos hecho ejercicio como para quemar las calorías de una semana. Él se gira hacia la despensa abierta y mira el interior con gesto reprobatorio.

—No llevas una alimentación demasiado sana —me regaña—. Pero encontraré algo que pueda utilizar.

—¿Utilizar para qué?

Me responde con una sonrisa y, de nuevo, ese guiño travieso.

—Me apetece cocinar para ti.

¡Cocinar para mí! Jamás nadie ha cocinado para mí, por amor de Dios. ¿Y él quiere hacerlo ahora, después de lo que me hizo sentir anoche? No. No, no puede, no puedo, no. Podría llegar a enam... NO.

—¡Mierda! —exclamo.

Él se gira, sorprendido.

—¿Qué?

—¡La comida! ¡He quedado con una amiga para comer! ¡Se me había olvidado!

Es cierto, he quedado con Issy para almorzar con ella y recoger los vestidos que llevaremos en la boda de su hermano, dentro de una semana. Sin embargo, es una excusa muy débil, pues sé que Issy no pondría ningún impedimento para cancelar la cita o, simplemente, cancelar la comida y vernos después. Sobre todo, si la cancelación se debe a un hombre. ¡Se volvería loca de ilusión por mí! Pero ni se me ocurre hacerlo. Esa cita puede estar salvándome la vida, puede ser mi última oportunidad para defenderme del efecto que Caleb provoca en mi corazón.

Aun así, el gesto decepcionado que él me devuelve me atenaza el estómago y siento la tentación de echarme atrás. Puedo hacerlo. Puedo hacerlo.

No lo hago.

—Entonces supongo que tengo que irme —dice.

—Lo siento —murmuro.

Él vuelve a besarme. Despacio, dulce y suave. Cierra la puerta de la despensa y coge el taco de papel que tengo en la mesa para apuntar la lista de la compra. Escribe algo con trazos rápidos y me lo entrega.

—Mi número —explica.

Mi mano tiembla cuando lo cojo. Su número. Le estoy echando de mi casa y él me da su número de teléfono.

Casi resulta doloroso verlo cubrir su cuerpo con la ropa que había quedado tirada por el suelo del dormitorio. Vaqueros, camisa, calcetines.

Sentado en la cama, se calza las deportivas y levanta la vista hacia mí.

—Mañana por la noche tengo un combate —dice—. Me encantaría que vinieras.

Doy un paso atrás con el alma en un puño. Sí, quiero ir, quiero verlo de nuevo, mañana, esta misma noche. No quiero que se marche, aunque sea mi mentira la que lo ha echado de casa.

—No me gustan mucho las peleas.

Es cierto, no me gustan las peleas, ¿a quién le gustan?, pero hasta yo soy consciente de que no es más que una excusa. Otra excusa más para huir de él.

Caleb asiente y termina de atarse la zapatilla. Luego se levanta. Lo acompaño hasta la puerta, abro y sale al descansillo. Allí se gira y me mira. Yo estoy mal, angustiada, pero él sonríe. De repente me sujeta la cara con ambas manos, sus pulgares acariciando mis mejillas, y me arrastra hacia su boca. Le dejo hacer. Mis piernas tiemblan cuando su lengua acaricia mis labios. Un gemido entregado escapa de mi garganta y él aprovecha para meterme la lengua y acariciar la mía. Baila con ella, jugando con ella y conmigo, demostrándome mucho más que lo que me desea, demostrándome lo que siente.

Me sorprendo aferrada a su espalda, saboreando su aliento en mi boca, tentada una vez más de pedirle que no se vaya.

Pero él separa sus labios de los míos y sonríe, aún sin soltarme.

—Es en el pabellón de deportes, a las ocho. Dejaré tu nombre en la entrada, por si cambias de opinión.

Yo asiento, temblorosa aún.

—Vas a ser mía —añade en un susurro.

Vuelve a guiñarme el ojo y se marcha escaleras abajo.

Yo me quedo arriba, temblorosa y excitada, apoyada contra la pared. ¿Qué ha querido decir con eso? ¿Acaso no he sido suya esta noche? ¿No lo soy ya?

No sé qué hago aquí. No lo sé. Le dije que no quería venir, y era cierto. No me gusta el boxeo ni los deportes de combate, en general. ¿Y qué?

Ayer, Issy me dijo que me veía diferente, más sonriente y relajada. Yo le dije que había dormido bien. Sí, claro, como si las ojeras no delataran mi noche de sexo seguida de mi mañana de sexo y de una hora dando vueltas arriba y abajo por casa pensando en él. En llamarlo, en venir a este combate, en confesar a mi mejor amiga que tengo la mente sumergida en el olor de un hombre que ha revolucionado mi pacífica y aburrida existencia. el hombre del que no me he atrevido a decirle una sola palabra porque soy una cobarde.

Esto no está bien. No lo está. Y no sé qué hago aquí.

Mis pasos me llevan irremediablemente hasta la puerta de entrada del pabellón en el que se celebra el combate. Llego un poco tarde, y la velada está a punto de comenzar; aun así tengo que esperar unos minutos de cola antes de detenerme ante el joven de granos en la cara y expresión aburrida que recoge las entradas en la puerta.

Caleb aseguró que le daría mi nombre a alguien, por si cambiaba de opinión. ¿Y si no lo ha hecho? ¿Y si lo olvidó? Me sentiré como una auténtica estúpida.

El chico, que mantiene la mirada baja, sin alzarla más de lo necesario para recoger la entrada, partir un pedazo y devolverla, me mira extrañado al descubrir mis manos vacías.

—La entrada —dice.

—Creo que iban a dar mi nombre a alguien para que me dejaran pasar. Soy amiga de...

—¿Cuál es el nombre?

No parece sorprendido ante mi petición, de modo que me identifico y escucho cómo lo repite hacia un micrófono que le cuelga de la chaqueta y que comunica con un pinganillo en la oreja.

Tras diez o quince segundos, que se me hacen diez o quince horas, asiente, me entrega un tique que extrae de un bolsillo, y me deja acceder.

—Pásalo bien —dice. Y algo en su tono me pone los pelos de punta. Cierto retintín que indica que sabe exactamente a lo que he venido y que cree saber, exactamente, la clase de mujer que soy.

¿Es esto en lo que me he convertido?

¿Acaso es tan habitual?

Sí, seguro que sí. Los luchadores deben de colar de esta manera a todas sus novias o amantes. Yo he venido por Caleb, para verlo, para estar con él, para presumir, aunque solo sea ante mí misma, de que ese hombre increíblemente guapo sobre el *ring* se despertó en mi cama ayer por la mañana.

Dios mío.

Me he convertido en una *groupie*.

La idea está a punto de hacerme dar marcha atrás. Yo no soy así, nunca he querido serlo. Crecí hija única, pasé la infancia corriendo por los prados que rodean mi pueblo, con otros niños o sola, pero sin hacer mucho caso a nadie ni obedecer ninguna orden. Cuando mis amigas comenzaron a cambiar las zapatillas por tacones y los vaqueros por minifaldas, me juré que ningún hombre me doblegaría, y así fue hasta que conocí a Paul. Con él pensé que todo saldría bien, que lo normal era enamorarse de otra persona, entregarse a ella y darle todo lo que eres. Y confiar en que él haría lo mismo. Confiar en él. ¿Y cómo salió eso? Mal. Mal. Jodidamente mal.

¡Y he vuelto a caer!

Me giro para regresar por donde he venido, a la solitaria seguridad de mi casa, cuando una repentina ovación detiene mis pasos.

Ya estoy dentro del recinto. La penumbra destella bajo los focos de colores y las luces difusas de los teléfonos móviles con los que la gente graba el cuadrilátero, vacío, en el centro de una sala inmensa y rodeado por eternos círculos de sillas plegables.

Una voz por megafonía anuncia a los primeros combatientes y, aunque ninguno de ellos es Caleb, siento que ya es demasiado tarde. Ya no hay escapatoria. Recorro el pasillo entre las sillas, buscando en los carteles de papel la butaca cuyo número aparece en el pase que me entregó el chico de la puerta.

La encuentro en la tercera fila, tan cerca del *ring* que creo que la sangre me va a salpicar cuando dé comienzo la lucha.

Por supuesto, no es así, aunque sí me salpica el sudor de los hombres y mujeres que ocupan las butacas más próximas.

La velada de esta noche ofrece tres combates. Apenas me entero de lo que sucede durante los dos primeros, pues no hago más que observar a mi alrededor por si descubro a Caleb en algún lugar. No lo hago, claro, él es el plato fuerte de la noche, el campeón de Gran Bretaña contra otro luchador del que no sé nada ni me importa. Doy por hecho que estará preparándose en los vestuarios y resisto la tentación de ir a buscarlo y pedirle que no salga, que no permita que le destrocen esa hermosa cara a puñetazos y patadas. Me muerdo las uñas, el estómago se me retuerce de ansiedad, respondo con sonrisas ausentes a los gritos que profieren mis vecinos de silla.

Nunca he sentido gran interés por este tipo de deportes, y en más de una ocasión tengo que apartar la mirada ante los golpes y patadas que se propinan a unos metros de mí. Eso tiene que doler, aunque no lo parece. Se recuperan, agitan las cabezas y continúan luchando entre miradas furiosas como si no ocurriera nada.

Me resulta imposible imaginar a Caleb ahí arriba, en esa actitud. Lo he visto entrenar en el gimnasio y dar clases a sus alumnos, pero no puedo visualizarlo así, con esa furia en los ojos y esa violencia en las piernas y los brazos. Esos que ayer me hicieron estallar de placer.

Tampoco puedo imaginarlo recibiendo los golpes, esa cara, tan hermosa, apaleada por los guantes de sus contrincantes. No quiero. No puedo.

Al fin, tras un tiempo interminable, las luces se apagan y el público estalla en aplausos y gritos, llevados por la emoción de lo que esperan ver: sangre y dolor a una distancia segura.

Quiero marcharme. Quiero salir de aquí.

La voz por megafonía grita tan ansiosa como el público cuando anuncia el nombre de los últimos combatientes de la noche. Yo no oigo nada hasta que suena lo único que no quiero escuchar.

—… ¡Caleb, la mamba negra, Lowes!

¿La mamba negra? No me dijo que tuviera un apodo.

Tampoco tengo tiempo de pensar en ello.

El público termina de ponerse en pie, los que aún no lo habían hecho, gritan y vitorean entre aplausos y yo dirijo la mirada hacia la esquina del recinto a la que han apuntado todas las luces.

Suena una música que no reconozco y distingo movimiento más allá de las cabezas del público. Los gritos se intensifican. Estoy a punto de subirme a la silla para intentar ver más allá de mi alcance, como han hecho otros a mi alrededor, pero no es necesario; tras unos segundos, lo veo llegar.

Lleva una bata negra con una brillante serpiente del mismo color bordada a la espalda y una capucha que le cubre la cabeza. Las manos, esas manos que ayer por la mañana acariciaban mi piel y ahora se disponen a golpear a un hombre, embutidas en unos guantes oscuros, más pequeños que los de boxeo.

Da ligeros brincos antes de saltar al *ring* y, una vez allí, gira sobre sí mismo y se deja mecer por el vocerío de aficionados y seguidores. Amaga un par de golpes al aire, sacude la cabeza como si quisiera alejar cualquier pensamiento ajeno a lo que está a punto de ocurrir, y se quita el batín.

Yo apenas logro respirar. Ni siquiera la imagen de su torso desnudo, perfecto, logra aliviar mi angustia. Siento el estómago contraído y el corazón, congelado en medio de un latido, no volverá a bombear hasta que esto acabe y sepa que él está a salvo.

¿Qué demonios estoy haciendo aquí?

El sonido de la campana me arrebata la respuesta y la respiración.

Los luchadores se acercan uno al otro. No es un ataque rápido ni directo, como creí que sería. Se aproximan lentamente, se observan, se analizan, miden sus fuerzas con gestos que son como cuchillos. Y entonces, Caleb dispara un puñetazo y se abre la veda.

Puñetazos, golpes, patadas, forcejean y se vuelven a separar. Y empiezan de nuevo. La gente grita. Yo también.

La superioridad del campeón es indiscutible, lo que no evita que se lleve algún golpe. La sangre salta por el cuadrilátero. El sudor empapa a los contrincantes. El tiempo pasa sin que me dé cuenta hasta que, de repente, Caleb da un salto y, en el aire, lanza una patada al rostro de su rival, rápida como un latigazo e imparable como una bala.

El otro luchador, ni siquiera recuerdo su nombre ni sé si he llegado a enterarme de cuál es, cae al suelo.

Caleb se retira y alza los brazos hacia el público. Ha ganado. El perdedor no se mueve.

No se mueve.

El silencio asoma a los rostros de los que nos percatamos de su estado.

Caleb se gira, congelado en mitad del cuadrilátero, para observarlo.

El árbitro corre hacia el perdedor y se arrodilla a su lado. Tras unos segundos de tensión, y para alivio de todos, incluido el propio Caleb, a quien se lo noto en la mirada y en la tensión de la mandíbula, alza los brazos para confirmar que está bien.

El hombre, con el rostro cubierto de sangre, sudor y lágrimas, se incorpora con cierta dificultad.

Entonces sí, el auditorio estalla en aplausos y vítores y la megafonía anuncia la victoria del vigente campeón de Gran Bretaña, Caleb Lowes. La mamba negra.

Permanezco en el asiento mientras la sala se vacía, lentamente. Necesito unos minutos para recuperarme de las emociones vividas. El miedo a que le hicieran daño, el orgullo de su victoria y ese calor atávico, animal, que me retuerce el bajo vientre. Por poco que me guste lo que eso dice de mí, sé que cuando me desnude esta noche, tendré la ropa interior empapada de deseo. Y sé lo que he de hacer para aliviarlo.

Me pongo en pie y me dirijo a la salida con el resto del rebaño. A medio camino, sin embargo, me desvío hacia la zona privada del pabellón. Sigo los gritos, las voces, la emoción que se respira en el aire, como una extensión de lo ocurrido que se niega a morir, y dejo que me arrastre por un brillante pasillo de luces fluorescentes hasta una puerta, al fondo, oculta tras una docena de personas y un gorila con brazos como tapas de alcantarilla y un pecho con el diámetro de un neumático de camión.

Casi todas son mujeres y casi todas son despampanantes, vestidas con minifaldas diminutas y escotes por los que podría colarse el camión al que le falta el neumático del gorila. Llevan una capa de maquillaje de dos dedos y la determinación en la mirada de quien sabe que nada las va a detener. Quieren cruzar esa puerta, ver al campeón, hacerlo suyo. Quieren lo mismo que yo y están mejor armadas para conseguirlo.

¿Qué estoy haciendo aquí?

Este no es mi mundo, no soy yo. Mi madre me enseñó a ser mejor que esto, a ser independiente y a no deberme a nadie, a no regalarme a ningún hombre, como solía decir, pues ella vio cómo mi padre le robaba la vida y las ilusiones y no quería que a mí me ocurriera lo mismo.

Pero aquí estoy, con un vestido que yo pensaba que me quedaba bien hasta que he visto a la competencia, agolpándome entre un montón de mujeres más guapas que yo para llegar hasta un hombre que, por lo que sé, lo mismo podría haber quedado con todas ellas igual que ha hecho conmigo.

Me doy la vuelta, furiosa, y entonces la puerta cerrada se abre y tres hombres, cuyas camisetas lucen la serpiente negra que es símbolo de Caleb Lowes, hacen su aparición. Desde donde estoy, no logro oír lo que le dicen al gorila, pero este alza los brazos y, como si ya todas conocieran su papel en la función, las mujeres que unos minutos antes gritaban y protestaban, se callan al unísono.

—¿Alguna de vosotras es Anna Marston?

Mi corazón se hunde directamente en el pantano del estómago. Las chicas se miran entre sí y temo que, si no me doy prisa, cualquiera de ellas dará un paso al frente y se apropiará de mi nombre.

—¡Soy yo! —exclamo.

Tres decenas de rostros femeninos se giran hacia mí y me recuerdan el colegio y la lección que creía saber. El miedo que me provocaban las miradas de mis compañeros era tan fuerte que, la mayoría de las veces, trastabillaba al hablar y lo recitaba todo mal. Esta noche me juego más que un mal gesto del profesor, así que tomo aire y mantengo la mirada en el gorila, que me hace una seña para que me acerque.

Escucho el bisbiseo de voces a mi paso y me esfuerzo para no distinguir sus palabras. No serán buenas.

—¿Tú eres Anna Marston? —pregunta uno de los hombres que cruzó la puerta unos minutos atrás, un señor de unos cincuenta y pocos años, pelo canoso y cuerpo recio—. ¿Seguro?

Me mira de arriba abajo. No parece disgustarle lo que ve, si bien creo que se sorprende de que yo no encaje con el prototipo que me rodea. La falda de mi vestido es suelta y me llega a medio muslo, y el escote no le gustaría a una monja, pero tampoco escandalizaría a mi madre.

Asiente y abre la puerta para dejarme entrar.

Lo hago.

El vestuario no difiere mucho del que hay en el gimnasio, excepto porque es el doble de grande. De forma rectangular, he accedido por uno de los laterales cortos. A la izquierda, una hilera de taquillas con todas las puertas abiertas, menos una, ocupan la mitad de la pared; a continuación, un espejo cubre la otra mitad, desde el suelo hasta el techo. A lo lejos, frente a mí, un muro liso de azulejos blancos. A la derecha, una mesa alargada sobre la que distingo un botiquín abierto y varias gasas manchadas de sangre, vendas, unas tijeras.

En el centro, dos bancos de madera, sin respaldo, que se alejan hacia el fondo.

Y en uno de ellos, Caleb, con una tirita en la ceja y una enorme sonrisa en la boca.

—Temía que no vinieras —me saluda, poniéndose en pie.

Yo camino hacia él y no me entero del momento en el que el hombre que me ha acompañado hasta aquí abandona la habitación y nos deja solos.

Lo único que puedo ver es la sangre en las gasas sobre la mesa y la tirita en la ceja del campeón de Muay Thai. ¿Eso es todo? ¿Una tirita? ¿Después de las patadas y golpes y forcejeos y gruñidos y amagos y sudor y sangre, eso es todo?

—¿Estás bien? —señalo su rostro.

—¿Esto? —Se lleva la mano a la ceja, pero no la toca—. No es nada. Podría haber sido peor.

—Apuesto a que sí —afirmo.

Le acaricio la cara con el dorso de los dedos. Su piel está húmeda por el sudor o por el agua con el que se ha limpiado.

Con delicadeza, lo obligo a sentarse de nuevo en el banco, a horcajadas. Saber que está bien ha liberado la tensión de mi estómago y la ha enviado más abajo. Él obedece sin rechistar. Sus ojos de acero exigen que me dé prisa, que lo tome ahí mismo, en ese instante, en ese banco.

Yo paso el pie por encima de sus muslos y me alzo ante él. Lo miro desde arriba. En silencio. Caleb apoya las manos en mis piernas y las deja reptar como esa serpiente que lo representa hasta colarse bajo la falda.

—Así que, mamba negra —digo.

Él sonríe, con timidez, y mi estómago se contrae.

—Dicen que es la serpiente más rápida —explica—. Me lo puso mi primer entrenador, hace muchos años.

Yo asiento. Me gusta.

Él retoma el ascenso de las manos por mis piernas hasta rozar las nalgas, que la ropa interior no cubre.

—Espera —dice, de repente, apartándolas de mi piel—, deja que me quite las vendas.

—No —lo rechazo de plano. Adoro el modo en que esas vendas se fijan a sus manos. Y me vuelve loca ver cómo se las pone.

—Están sudadas —dice.

—No importa —insisto.

Él no dice más. Vuelve a posarlas y culmina el ascenso con cima en mis nalgas.

Ambos aguardamos la campana que dé comienzo este nuevo combate. Me voy a aprovechar de su cansancio y, como dijo ayer en mi casa, voy a hacerlo mío.

Me siento sobre él y lo empujo suavemente hacia detrás, hasta que se tumba en el banco. Me acomodo sobre su entrepierna. Dura. Me busca y me ha encontrado. Me restriego contra ella y sonrío cuando él lo hace.

—¿Tienes un preservativo? —pregunta.

Yo abro el bolso, que había dejado caer al suelo, a mis pies, y saco el pequeño paquete que tuve la previsión de guardar cuando salí de casa. Lo abro y saco el preservativo. Los ojos de Caleb se oscurecen un tono más.

—Pónmelo —exige.

Yo me muerdo el labio inferior y llevo la mano a su entrepierna. Le bajo el pantalón y luego el calzoncillo, no mucho, lo justo para alcanzar mi objetivo. Envuelvo su polla entre los dedos y la noto dura, caliente, palpita contra mi piel. Miro hacia abajo y dejo caer un poco de saliva sobre el glande, para lubricarla.

Caleb suspira de deseo.

—Joder, Anna...

Coloco el preservativo en la punta y lo deslizo hacia abajo, abajo, abajo.

Cuando alzo la mirada, los ojos de Caleb son casi negros.

—Desnúdate —ordena.

—¿No entrará nadie?

—No.

Lo niega con tal seguridad que no dudo de sus palabras. Me quito el vestido por la cabeza y lo lanzo al banco paralelo.

Sus manos, envueltas en las vendas, ásperas y húmedas y deliciosas, ascienden por la cintura hasta alcanzar los pechos. Me quito el sujetador y él se incorpora lo suficiente para lamer uno de ellos con la lengua. Lo cubre con los labios, lo muerde, y el combate, al fin, arranca.

Lo empujo hacia detrás y me lanzo a por su boca. Él entierra la mano en mi pelo y me aplasta contra sus labios. Su lengua juega con la mía, posesiva y salvaje.

Comprime la polla contra mi sexo, cada vez más hinchada a medida que me restriego contra ella, cada vez más dura, más caliente.

Sin separar nuestras bocas, se enfrasca en su propia lucha contra mi tanga. No me lo puede bajar en esta posición, y no hace por romperlo, como ayer, quizá no le queden fuerzas, simplemente lo aparta a un lado e introduce los dedos en mi vagina empapada, arrancándome un intenso gemido de placer.

Rodeo su polla con la mano. Está tan dura que temo que se corra ahí mismo. Pero no.

No.

Me incorporo para descender de nuevo sobre ella. Un nuevo gemido, mucho más profundo, golpea las paredes de este vestuario cuando su verga me invade.

Mi sexo se aprieta contra su vientre cada vez que desciendo sobre él; el placer me envuelve en una niebla que arde de deseo.

Cada vez más rápido.

Él se sienta, de golpe, cara a cara ante mí, sin abandonar mi interior ni apartar la mirada de mis ojos. Me rodea con un brazo por la cintura y acompaña mis movimientos. Arriba. Abajo. La otra mano se posa en mi pecho, lo manosea, lo acaricia, juguetea con el pezón mientras sonríe con los gemidos que no logro contener.

Lo abrazo para no perder el equilibrio, pues el estrecho banco amenaza con venirse abajo a cada salto. Hundo la cara en su cuello para gritar su nombre. Mi aliento húmedo, su piel caliente. Desvío la mirada hacia el espejo en el que dos personas, él y yo, follan como dos serpientes entrelazadas entre clamores de placer absoluto. Veo el reflejo de sus músculos, los abdominales laterales, los pectorales, los bíceps. Las manos en mi culo, en mi cintura, en mi pecho.

Gimo y grito y aúllo como el animal en el que me convertí ahí fuera, ante el cuadrilátero, mientras veía como el macho alfa luchaba contra otro y ganaba. Ganaba a su contrincante y a mí.

Me rindo.

—Fóllame, fóllame —gimo.

Como si hubiera esperado ese momento, me abraza con más fuerza y se empuja dentro de mí con una enorme sacudida que hace estallar mi sexo.

Grito.

No sé si me están oyendo desde fuera, pero grito y deseo que sí, que sepan que es mío, que Caleb Lowes es mío esta noche.

Qué raro es verlo ahí, tan cerca y a la vez tan lejos, y recordar que ese cuerpo que todas miran como idiotas ha sido mío. Qué raro es intercambiar sonrisas de complicidad de un lado a otro de la sala de entrenamiento, entre el olor a sudor, el tintineo metálico de las pesas y la música machacona. Qué raro es hacer flexiones con las bragas empapadas de deseo, mientras mis ojos se deleitan en el modo en que sus bíceps se inflan y desinflan mientras hace dominadas colgando de una barra horizontal. Lo deseo con todas mis fuerzas y eso me provoca pavor. He estado toda la mañana pensando en él. Al despertar, mientras desayunaba, en el trabajo, a la hora del almuerzo y mientras regresaba a casa. Cada minuto del día ha olido como él, ha sonado como su voz, y estoy muerta de miedo.

Esto es justo lo que no quería, encapricharme de alguien que puede hacerme sentir así. Alguien que desaparecerá en cuanto se aburra, porque a un tío con ese cuerpo no le faltan oportunidades, y yo no voy a ser más que una muesca en su revólver. Las chicas se agolpan ante su puerta, literalmente, lo siguen por la sala de musculación, y sí, él me mira a mí, pero ¿cuánto tardará en darse cuenta de que puede tener a cualquiera?

Él atraviesa la sala, se tumba sobre el banco de pesas y mi imaginación se dispara y fantasea con lo que sería quitarme los pantalones —esos pantaloncitos negros que, según él, tienen club de fans—, y subirme a horcajadas sobre su polla como hice anoche. Restregarme con ella y notarla crecer mientras levanta las mancuernas arriba y abajo y sus pectorales se endurecen, y su polla, más, y yo empapo el tanga, esperando que suelte las pesas para, por fin, bajarle los pantalones y cabalgarlo como si no hubiera un mañana.

Esto es justo lo que no quería.

Me levanto del suelo, recojo mis cosas y me largo a todo correr. Enfadada, frustrada y de muy mal humor. Una chica me dice algo, no sé quién es ni qué dice, y aun así estoy a punto de mandarla a la mierda. No contesto. Paso de largo ante la sala del cuadrilátero, vacía, todavía, esperando por él, y me meto en el vestuario. Faltan unos treinta minutos para que empiecen a llegar las alumnas de la clase de *spinning*, así que aún no hay nadie. Estupendo, no estoy para conversaciones.

Abro la taquilla y saco la mochila. Ni siquiera me voy a duchar, quiero irme a casa. Guardo la toalla y la botella de agua, y me dispongo a cerrar la cremallera cuando un movimiento a mi espalda me sobresalta. Me giro. Es él.

—¿Qué haces aquí?

Da dos zancadas hacia mí, me agarra por la nuca y me besa. Su impulso me empuja hacia detrás hasta que choco contra la ancha repisa que bordea todo el vestuario.

—Follarte —responde, un susurro caliente sobre mis labios.

Apoya una mano sobre mi pecho y lo aprieta por encima del top. Mi boca se deshace en un gemido culpable.

—Puede venir alguien —jadeo.

—Que vengan —responde, al tiempo que me pellizca el pezón.

—Estoy sudada...

—Yo también.

—Pero...

Me agarra la cara con ambas manos y clava sus ojos en los míos.

—Anna —susurra—. Cállate.

Asiento, como una alumna educada, y eso le da vía libre para asaltar de nuevo mi boca. Desliza la mano por mi cuerpo húmedo de sudor, por encima del pecho, no sin antes apretarlo unos segundos entre los dedos, y me acaricia el estómago. Introduce los dedos bajo el pantalón, directos a mi sexo empapado, y penetra en él con autoridad.

Lanzo un gemido largo y profundo contra sus labios. Él sonríe. Entonces saca los dedos, me agarra por la cadera y me gira de espaldas, de cara al espejo. Apoyo las manos sobre la repisa y lo miro. Me baja el pantaloncito hasta las rodillas, mira el tanga e introduce el dedo bajo el fino hilo negro.

—Así que sí llevas ropa interior —susurra, mirándome a través del espejo.

Algo en sus ojos me previene de lo que va a hacer, algo en el modo en que se oscurecen. Con un movimiento súbito, el tanga se rasga como si fuera seda y queda colgando, informe, en su mano. Yo suelto un grito de deseo al notar la humedad que ese gesto me provoca.

Él lanza el tanga sobre la repisa y mete la mano entre mis piernas. Expande la humedad entre los pliegues, aunque no necesita esforzarse, pues todo mi sexo está empapado, listo para recibirlo. Arrima su polla dura contra la entrada. Arqueo la espalda, buscándolo, perdida en su mirada a través del espejo. Y grito cuando me penetra.

Me agarra con fuerza por las caderas y me embiste. Dentro, fuera. Me baja uno de los tirantes y me agarra el pecho, pellizcándolo entre los dedos. Intenta hacer lo mismo con el otro, pero el tejido rígido de la tela se lo pone difícil. No se rinde fácilmente. Logra bajarlo con un tirón violento y me deja con ambos pechos al aire y los brazos oprimidos contra las costillas. Veo mis tetas saltar con cada una de sus embestidas, y la imposibilidad de moverme me excita más de lo que habría imaginado. Cierro los ojos y gimo, jadeo, grito. De repente siento su aliento en el cuello.

—Me arañaste la espalda —me reprocha.

Abro los ojos y busco su mirada en el espejo. Él sonríe. Sin decir nada, me muerde en el cuello y me succiona. El muy cabrón me está haciendo un chupón, y yo no puedo dejar de gemir.

Se empuja dentro de mí, cada vez más fuerte, con una mano clavada en mi cadera y la otra, que desciende desde el pecho hasta la entrepierna, me presiona el clítoris, lo aprieta entre los dedos y lo frota en círculos. Yo vuelvo a gritar. Me embiste con tanta fuerza que tengo apoyar la cabeza en el espejo, pues no puedo levantar las manos, inmovilizadas bajo el top de deporte.

El cúmulo de sensaciones es brutal, el riesgo de que alguien entre y nos descubra me vuelve loca. Mi cuerpo se tensa, se sacude. Sin dejar de estimularme con la mano derecha, sube la izquierda hasta mi cuello y me obliga a separar la cabeza del espejo, para que nuestros ojos se encuentren en él.

Y lo miro. No aparto la mirada mientras me agito de placer, gimiendo en un orgasmo eterno sin aire, sin pulso, sin sentido, solo calor y deseo y Caleb.

Él gruñe, mostrando los dientes como un animal, clava los dedos en mi carne y se corre dentro de mí con un último rugido, o gruñido, o gemido, o una mezcla de las tres cosas, que se vierten sobre mi nuca.

Permanecemos un minuto inmóviles, aún entrelazados, mientras las respiraciones se sincronizan bajo la observación constante y mutua de nuestros ojos en el espejo.

—Me vuelves loco —susurra—. Estoy absolutamente loco por ti.

Yo sonrío, incapaz de responder, no me quedan fuerzas. Me tiemblan las piernas y los brazos, pero a él le basta con lo que ve en la expresión de mi cara. Me da un beso en el hombro y, suavemente, abandona mi interior.

Distingo por el espejo que llevaba puesto un preservativo, así que, mientras se lo quita, me doy la vuelta para volver a vestirme. Me coloco el top y me subo los pantalones, sin bragas, ahora, pues el tanga es un despojo de tela inútil sobre la repisa.

Él se viste, tan rápido como yo. Las alumnas de la clase de *spinning* deben de estar a punto de llegar, y no es cuestión de que lo encuentren aquí.

Me besa en los labios. Suave, al principio, luego, intenso, más intenso. Más. Y cuando estoy a punto de empezar a gemir de nuevo, se separa y abandona el vestuario.

Yo sonrío. Sonrío, aunque no me guste. Maldita sea, hace conmigo lo que quiere.

Me giro, dispuesta a marcharme, yo también, pero no encuentro el tanga por ninguna parte. Ni en la repisa, ni en el suelo ni entre los bancos o bajo las taquillas. Busco incluso en las duchas, por muy imposible que sea que esté allí, y no lo encuentro.

Recojo el resto de mis cosas y salgo del vestuario, temerosa de encontrar un comité de recepción en el pasillo, dispuesto a aplaudir nuestra aventura nada discreta. Para mi alivio, no encuentro a nadie, solo la primera alumna de *spinning* que llega, justo a tiempo, y me devuelve la sonrisa con la que la saludo, sin imaginar el motivo de mi felicidad.

En la sala del cuadrilátero, Caleb se está poniendo las vendas de las manos. Joder, eso me excita de nuevo. Su alumno no ha llegado, así que está solo, sentado en la lona como aquel primer día en el que supe que esto acabaría mal. Me dedica una sonrisa y me guiña el ojo.

Voy hacia él.

—Te has llevado algo que es mío —digo.

Él sonríe más y niega.

—Ahora me pertenece.

Alarga la mano hacia mi cuello y lo acaricia con el dedo gordo, ahí donde me ha hecho el chupón, que ya debe de estar empezando a notarse. Mi sexo se estremece al pensar que es una manera de decir que yo también le pertenezco ahora.

Estoy a punto de decir que sí, que sí, que soy suya y puede hacer conmigo lo que quiera, aquí y ahora y para siempre. Pero a mi cerebro no le gusta nada ese concepto de pertenecer a alguien, así que busca desesperadamente alguna forma de negarse.

Por desgracia, antes de encontrarla, el alumno de Caleb aparece junto a nosotros, y el maestro se levanta para comenzar la clase. Me dedica un último guiño, y me voy. Excitada y cabreada a partes iguales. Casi.

Miércoles, 20:08 h.

Me odio a mí misma con toda la intensidad de la que soy capaz. No me puedo creer que lo haya hecho, que haya sido capaz de no ir al gimnasio solo por no encontrarme con él.

De pie, ante el espejo del baño, acaricio el punto de mi cuello en el que aún se nota el chupetón. Ha perdido color, pero ahí sigue, una demostración violácea de hasta qué punto he dejado que un hombre hiciera conmigo lo que quisiera. «Me pertenece», dijo, refiriéndose a mi tanga, y lo único que pude pensar fue: «Yo también te pertenezco».

Estupendo, Anna, te has cubierto de gloria. Seis meses huyendo de hombres, de relaciones, de cualquier tipo de acercamiento, y al primero que te da un orgasmo le entregas tu alma. Vale que con él haya sentido los mejores orgasmos de mi vida, pero eso no significa que esté dispuesta a pasar por lo que ya pasé durante mi última relación. Y Caleb huele a peligro desde la distancia, con esa sonrisa y ese guiño de ojos y ese cuerpo perfecto; es un ancla capaz de hundirme en lo más profundo del lodo en cuanto una mujer más joven, más guapa o más interesante que yo se le ponga por delante. Y son miles. El último día estuve a punto de matar a una del gimnasio con mis manos, solo por mirarlo, y esa chica que entrena con él, solo entrena, pero también la odio. Definitivamente no me gusta la clase de mujer en la que me ha convertido, entregada y celosa, de modo que he tomado la decisión. Cambiaré de gimnasio. No me gusta, será incómodo tener que moverme a otra zona de la ciudad cuando podría quedarme a cinco minutos de casa, pero es lo más sensato.

Bien.

Llegada a esa conclusión, ya puedo respirar, cerrar los ojos, y meter la mano bajo el pantalón.

No me sorprende descubrirme mojada, pues es lo habitual cada vez que pienso en él. Mi sexo está caliente y abultado a la espera de que el hombre que ocupa mis pensamientos venga a aliviar su necesidad. Tendrá que conformarse conmigo.

En el colchón, a mi lado, el ordenador portátil muestra las fotografías del Instagram de Caleb Lowes, la mamba negra. Casi todas las imágenes corresponden a combates, subido al cuadrilátero, empapado en sudor, con un brazo o una pierna extendidos en dirección a su pobre contrincante, que recibe el golpe, incapaz de defenderse. Pero, de vez en cuando, en blanco y negro o en color, salta otra fotografía en la que aparece solo él, posando o entrenando en un gimnasio que no es el que compartimos sino, supongo, ese otro al que acude con su entrenador personal. Ahí puedo disfrutar de su cuerpo perfecto, de la línea de sus músculos resaltada con maestría por el fotógrafo, e incluso, si me fijo bien, de esa mirada tímida que se oculta al fondo de sus ojos grises.

Por encima de su torso desnudo, son esos ojos los que guían mi mano.

Deslizo los dedos entre los pliegues y me acaricio el clítoris. Estoy tan sensible que eso basta para provocarme un gemido. Me meto un dedo y, al comprobar lo empapada que estoy, meto otro. Mi espalda se arquea y mi boca se abre en un jadeo necesitado.

—Caleb…—susurro a la pantalla indolente desde la que un Caleb de lado, con el *ring* al fondo, se está poniendo esas dichosas vendas en las manos.

Me retuerzo sobre la cama, encima de las sábanas. Las piernas se cierran apretando la mano entre los muslos, para volver a abrirse un segundo después.

Introduzco la otra mano bajo la camisa y la llevo hasta el pecho. A él le encanta pellizcarme los pezones, y yo lo hago para recordarlo. Es maravilloso, aunque no sea igual. Me faltan sus ojos. Cuando me folla siempre me mira a los ojos. Sus labios. Su sonrisa.

Mierda.

Acelero el ritmo de los dedos al tiempo que aumenta la temperatura en el dormitorio. Presiono el clítoris con fuerza, duramente, y lo froto en círculos y de un lado a otro. Mi cuerpo se sacude. Noto el calor que me envuelve, los temblores, el sudor entre las piernas, mezclado con la humedad que sale de mi interior. Me aprieto el pecho, me aprieto el sexo, gimo hasta que mi gemido se vuelve grito.

—Caleb… —susurro una vez más, cuando recupero la respiración.

Issy posa el vestido con todo el cuidado del mundo sobre el butacón de mi dormitorio y, dibujando una inmensa sonrisa, se deja caer casi desnuda sobre la cama, a mi lado. Solo lleva un tanga, que se coloca con gesto distraído.

—¿De verdad te gusta?

Yo lanzo al aire un bufido, entre la risa y el hastío.

—Joder, Issy, ¿otra vez? —Mi mejor amiga se une a la carcajada—. Te lo dije en la tienda, cuando te lo probaste y cuando lo compraste. Te lo he repetido cada una de las semanas que han pasado desde entonces, te lo volví a decir el otro día, cuando lo recogimos, y te lo he repetido ahora, cuando te lo has puesto. Me encanta el dichoso vestido.

Con los ojos en blanco, enumero cada una de las ocasiones en las que me ha preguntado y yo he confirmado lo mucho que me gusta el vestido que llevará dentro de unas horas, en la boda de su hermano; un vestido azul, largo hasta los pies y con una raja que asciende casi hasta la cadera. Un vestido *sexy* que se ajusta a la perfección a sus generosas curvas y que resalta el color de sus ojos. Me encanta el puñetero vestido.

Issy se ríe y juega a empujarme fuera de la cama. Yo me defiendo y acabamos abrazadas, ella desnuda; yo, con el pantalón corto de estar por casa, el mismo que Caleb quiso quitarme el día que estuvo aquí. Ayer debería haberlo visto, pero tampoco fui al gimnasio. Llevo cinco días sin saber nada de él. Nada. De cierta manera extraña esperaba que viniera a buscarme, pero no lo ha hecho y me siento rechazada. Qué estúpida, soy yo la que ha huido de él.

—¿Estás bien?

Issy me mira, preocupada, y yo disimulo.

—Sí —digo—. Cansada. Llevo toda la semana hasta arriba de trabajo.

—¿Seguro que es eso? Te noto rara. Triste.

Qué hija de puta, si es mi mejor amiga desde que nos conocimos en la universidad, hace dieciséis años, es por cosas como esta, por saber leerme como a un libro abierto.

—Estoy bien —miento.

Ella se incorpora y se sienta en la cama, con las piernas cruzadas y los grandes pechos al aire, mirándome. El cabello castaño, de color similar al mío, aunque más corto y rizado, enmarca el gesto preocupado de sus ojos.

—No lo estás —dice.

Como si pudiera engañarla.

Me levanto de la cama y abro el armario. Si hay algo que logre desviar su atención será mi vestido, o eso espero. Lo saco de la funda y se lo muestro, pero ella finge no verlo.

—Sí, es precioso. ¿Qué te pasa?

Dejo caer los brazos con un suspiro roto.

—No me pasa nada, Issy. No sé, estaré un poco más triste de lo habitual. Eso es todo.

Ella sonríe.

—Tú lo que necesitas es dejarte de tanta tontería y buscar un hombre que te eche un buen polvo. O dos.

Le doy la espalda con otro resoplido de frustración.

—Eso es precisamente lo que me tiene así —murmuro.

Escucho un crujido en la cama e inmediatamente me doy cuenta de que lo he dicho mucho más alto de lo que esperaba. Cierro los ojos a la espera del estallido.

—¿Qué? ¿Qué estás diciendo? ¿Hay un tío? ¿Por fin?

Niego en silencio. Esto me pasa por bocazas.

—No hay nadie —respondo.

El crujido del colchón se vuelve a repetir, y casi puedo imaginar a Issy dando saltitos en la cama, ilusionada como una niña en Navidad.

—Sí que lo hay. Cuéntame. ¿Quién es?

El último suspiro certifica mi derrota. Dejo el vestido sobre la butaca y me vuelvo hacia mi mejor amiga.

—No te enfades conmigo —le pido.

Ella frunce el ceño.

—¿Enfadarme? ¿Por qué? ¿Por enrollarte con un tío?

—No, por... —No sé ni cómo explicárselo. Qué demonios, ni siquiera sé explicármelo a mí misma.

Issy me coge de la mano y tira de ella hasta sentarme en la cama, frente a frente. Las dos juntas, como hermanas, como si no existiera nadie más en el mundo. La mañana se ilumina como si el verano jamás fuera a terminar. Esta clase de paz solo la encuentro con ella y, hasta hace unas semanas, en el gimnasio, cuando la música y el agotamiento borraban de mi cabeza cualquier otro dolor.

—Empieza por el principio —dice.

—Se llama Caleb. —Su nombre acaricia mi lengua como si fuera su piel.

—Vale. ¿Es guapo?

Sus ojos, su sonrisa, su cuerpo, se dibujan en mi imaginación.

—Es perfecto —susurro.

Issy abre los ojos como dos platillos de café.

—Eso es mucho —dice.

—Mucho —corroboro.

Sonríe. Yo no tengo fuerzas para hacerlo, así que su gesto se desvanece igual de rápido que empezó.

—Vale. ¿Cuándo lo conociste, dónde?

—En el gimnasio. Hace un mes.

—¡Un mes! Te voy a matar. ¿Y no me lo has contado hasta ahora?

—¡No había nada que contar! —me defiendo—. Lo conocí, me invitó a cenar y nos hemos...

—Acostado, Anna, se dice «acostarse».

Mi mejor amiga, siempre tan graciosa.

—No sé si se puede llamar así —decido ignorar su burla cruel.

—¿Por qué?

Uno a uno, confieso ante ella todos mis escarceos con Caleb. Las miradas, las sonrisas de esquina a esquina en la sala, la cena, la noche en casa, la mañana posterior, el día del combate, el polvo salvaje en los vestuarios del gimnasio... Intento evitar los detalles más escabrosos, aunque Issy, por supuesto, no me lo permite, y pregunta y pregunta y pregunta hasta que tiene toda la información que quiere, y yo estoy muerta de vergüenza y triste.

—Vale —da por concluido el interrogatorio—. ¿Y por qué estás tan mal? No lo entiendo.

—Porque no quiero salir con él. No quiero nada serio con nadie, ya lo sabes.

Ella se lleva las manos a la cabeza y se deja caer hacia atrás sobre el colchón con un quejido hastiado y, para ser sincera, merecido. Sus pechos se sacuden cuando se ríe entre resoplidos de enfado y resignación.

—¡Ya estás otra vez con eso! —exclama.

—Pues sí, ya estoy otra vez con eso. ¡No quiero que me vuelvan a hacer daño!

—¿Y por qué te lo van a hacer? —Se incorpora para enfrentarse a mí—. Paul te engañó, de acuerdo, muchas veces, y te rompió el corazón. Pero este tío no tiene por qué ser igual.

—Tú no lo has visto.

—¿Qué le pasa, es un ligón?

—No, no es eso... —Ojalá pudiera decir que sí, eso simplificaría mucho las cosas, pero no lo es. He visto a decenas mujeres revolotear a su alrededor, y él siempre las ha ignorado. A todas menos a mí.

—¿Entonces, qué?

—Que es guapísimo. Cada vez que entra al gimnasio saltan veinte chicas detrás de él.

—¿Y él se va con ellas?

Bajo la mirada, avergonzada por tener que admitir esa verdad que me repite que me estoy equivocando.

—No —balbuceo.

—Pero sí se fue contigo. Te pidió salir.

—Más que eso —apunto, con una sonrisa que me sube varios tonos el color de las mejillas—. Me dice unas cosas... Cuando me mira, me siento como una estrella del porno, ¿sabes? Que me desea más que al aire.

Issy se ríe.

—¡Joder, yo quiero uno así! —No puedo evitar unirme a su carcajada. Resulta liberador—. ¿Me quieres explicar cómo puedes decir que no quieres nada con él?

—Ya da igual. —Dejo de reír cuando me enfrento a la realidad—. La he cagado.

—Ay, Dios, ¿qué has hecho?

—Dejé de ir al gimnasio.

Alza las cejas como si hubiera visto un unicornio verde.

—¿Qué? ¿Tú?

—No quería verlo.

—¡Pero tú te has vuelto loca! ¿Por qué no?

—¡Porque me...! —Me quedo otra vez sin palabras. ¿Cómo le explico lo del chupetón en el cuello y lo de las bragas que se quedó y aquello que me dijo? ¿Cómo le explico lo que me hizo sentir?—. Me hizo un chupetón, ¿vale? Y se quedó unas bragas mías. —Issy me mira con expresión divertida y la boca abierta en fingido escándalo—. Cuando le dije que me las devolviera, me respondió que no, que ahora le pertenecían, y me acarició el chupetón.

Me llevo los dedos a ese punto en el que una mancha casi invisible apenas recuerda el sabor de sus labios en mi piel.

—¿Y? —pregunta Issy tras unos segundos de silencio.

—¡Pues que no sé qué quería decir! ¿Que yo también le pertenezco? ¿Por haberme hecho un chupetón? ¿Me ha marcado o qué? ¿Como a una vaca?

Mi mejor amiga niega y suspira resignada. Me quiere, lo sé, y también sé que en ocasiones, me mataría. Como sé que, la mayoría de esas ocasiones, me lo merezco.

—Eres idiota —susurra, como quien se ve forzado a admitir, por primera vez, algo que sospecha desde hace tiempo—. Ojalá un tío me hiciera sentir esas cosas que tú cuentas, ojalá me follara como te folló él, ahí, en medio del gimnasio, porque no puede contenerse. ¿Y tú? Tú crees que te va a romper el corazón igual que Paul, así que no le das ni una oportunidad.

No puedo sino estar de acuerdo con cada palabra que lanza contra mí. Y, sin embargo, duele. Duele muchísimo saber que me he equivocado y que mi cobardía y mi miedo a pasar por lo que una vez me rompió el corazón pueden haberme hecho perder a Caleb para siempre. Y duele que Issy me lo lance a la cara de esa manera. Las lágrimas se acumulan en mis ojos, esperando el último estacazo que las hará caer.

—Sabes lo mal que lo pasé —murmuro, con la voz rota. Es lo único que necesito decir, pues ella lo sabe mejor que nadie. Estuvo esos seis meses a mi lado.

—Lo sé —afirma, tomando una de mis manos entre las suyas—. Y sé que, por más que digas que ya estás bien, no es verdad, o este chico no te habría hecho temblar de esa manera. —Me agarra la barbilla y me obliga a mirarla a los ojos—. Todas queremos un hombre que nos haga felices, Anna, y que nos folle como Dios manda y nos haga eyacular. —No puede evitar la broma que, al menos, me hace sonreír—. Y no puedes pensar que este va a ser un cabrón solo porque otros lo hayan sido. Y si resulta que lo es, pues haremos lo que él dijo. ¿Cómo era? Te levantas. Si te hace daño, te levantas. Nos volvemos a levantar y seguimos adelante. Es de lo que se trata.

Caerme y volverme a levantar. Ni siquiera sé si he vuelto a levantarme después de lo de Paul, si bien es cierto que desde que conocí a Caleb no he vuelto a pensar en mi ex ni un instante. No hay color entre ellos. Caleb es un dios al lado de Paul. En todos los sentidos.

—Pues la cagué, dejé el gimnasio, llevo dos días sin ir. Y él no debe de estar muy afectado, porque no ha venido a ver si estaba bien. Podría estar muerta en el salón, medio devorada por los gatos de la vecina.

Issy vuelve a reír.

—Vale. La cagaste. Pues ahora te toca arreglarlo. Lucha por él. El lunes vuelves, y a ver cómo reacciona. Si no se ha dado cuenta de que faltabas, ya sabes que es un gilipollas. Pero si... no sé, si no ha podido llamarte o...

—No tiene mi teléfono —digo—. Él me dio el suyo, pero no tiene el mío.

—Y tú no lo has llamado, tampoco.

Yo niego, en silencio.

Ella alza las manos en una súplica al cielo.

—Es que eres idiota —repite. Parece que va a decir algo más, pero se arrepiente y regresa al tema—. Pues llámalo, queda para mañana, tomad un café, echad un polvo, algo.

—¿Y si está enfadado? ¿Qué hago entonces?

—Luchas. Por. Él —repite, separando mucho las palabras.

Lucho por él. Lucharé por él.

Lo repito una y otra vez en mi cabeza. Mañana, cuando me despierte, si la resaca no es muy fuerte, lo llamaré y quedaremos para tomar algo, como personas civilizadas, para hablar, para que venga a casa y follar hasta que se caiga el edificio. Lo haré. Lo haré.

No creo que sea capaz de hacerlo.

Quiero creer que sí, que lo lograré, cuando lo cierto es que no sé si encontraré el valor para enfrentarme a su mirada una vez más. Solo con verlo, mi cuerpo se vuelve loco, ¿cómo voy a poder pensar delante de él?

Issy sonríe con ternura y me abraza. Luego me sujeta por los hombros y me mira a los ojos sin dejar de sonreír.

—Pero primero vamos a la boda de mi hermano —exclama.

—¡Joder!

Me enderezo en la cama de un salto. Se me había olvidado el motivo por el que mi mejor amiga ha venido a desayunar. Su hermano George se casa dentro de cuatro horas, y se nos echa el tiempo encima. Hemos quedado con la madre de Issy en la peluquería; allí nos maquillarán y nos peinarán y luego nos cambiaremos en su casa para salir juntas hacia la iglesia.

—Venga, vamos a vestirnos, que se nos hace tarde —dice.

Me levanto de la cama, me quito la camiseta y el pantalón y busco en el armario algo que ponerme.

Unos vaqueros, un... El top que llevé la otra noche me dispara a traición desde el estante. Me pregunto si huele a él, si la tela recuerda el tacto de sus manos como lo recuerdo yo. Si lo echa de menos, como lo echo yo.

Cierro el armario de un portazo. No quiero pensar en él.

—Ven aquí, anda —me llama Issy desde la cama.

Voy hacia ella, sin disimular mi expresión triste. Me tumbo a su lado y dejo que me acoja entre sus brazos abiertos, acurrucada como una niña indefensa sin su juguete favorito.

—Mañana lo arreglarás todo. —Ella se recuesta sobre mí—. Ya verás como sí.

Me besa en el hombro y desliza los dedos hacia mi pecho, tan suave que apenas resultan perceptibles. Resbalan hasta el pezón y lo rodean, lentamente, muy, muy suaves, mientras aquel se endurece ante sus ojos.

—¿Puedo? —pregunta con un susurro.

Hemos compartido muchas noches de cama y confidencias desde que éramos adolescentes recién llegadas a la universidad. Noches que debían ser inocentes y acababan en todo lo contrario. Primero fueron besos y toqueteos regados con alcohol, madrugadas y risas nerviosas; más tarde, el alcohol dejó de ser necesario para iniciar los acercamientos. Los besos y los toqueteos se hicieron más intensos y aparecieron los juguetes sexuales. No nos sentimos mal por lo que hacemos, ni culpables ni obligadas. Sabemos lo que somos y lo que nos gusta y sabemos que solo son juegos. Nunca lo hemos hecho cuando la otra tenía novio, pero siempre regresamos cuando ambas nos quedamos solteras. Y ahora lo estamos.

Supongo.

—Tendrá que ser rápido —respondo—. Hemos quedado con tu madre.

Ella sonríe con gesto travieso.

—Seré muy rápida —dice.

Se sienta a horcajadas sobre mi estómago y me besa. Su lengua y la mía se enzarzan en un baile lento y suave bajo una música que ya conocemos a la perfección.

Me besa el cuello y desciende hacia los pechos. Me acaricia con la lengua el pezón, que se encoge y endurece cuando lo mordisquea, juguetona. Entierro los dedos entre su pelo para notar los movimientos de su cabeza. Es suave. Es delicioso. Mi piel se eriza al paso danzarín de su lengua. Ella me mira desde abajo, los ojos azules brillantes de deseo. Yo me humedezco los labios, y ella sonríe.

Continúa hasta el estómago y, una vez allí, acaricia el ombligo con la lengua. No puedo evitar romper a reír ante las cosquillas de sus dedos en la cintura, y retorcerme entre las manos con las que pretende impedir que me mueva.

—No me hagas cosquillas —le suplico entre risas incontenidas.

Ella me tortura todavía un poco más hasta que, al cabo, me hace caso y prosigue el descenso. Un beso en el vientre, una caricia de los labios, un roce húmedo de la lengua, su boca en el pubis, a través de la fina tela del tanga.

Me dirige una mirada oscura desde allí.

—Yo no puedo arrancártelas —dice, agarrándolas con suavidad por la tira de las caderas.

—No me hables de él —exigo—, ahora no.

Ella no responde, lo entiende y asiente. Me baja las bragas hasta las rodillas, y yo levanto las piernas para que me las quite del todo. Las lanza al suelo, igual que hizo él. Mierda, tengo que sacarlo de mi mente.

Agarro a Issy por la cabeza y la hundo en mi sexo. Ella gime, sorprendida pero no molesta, y saca la lengua.

Yo me quiebro en un gemido cuando noto que me acaricia los labios con ella.

Lame los pliegues, el clítoris, y la introduce dentro de mí. Yo me agito con los ojos cerrados, perdida en el placer que me ofrece.

—Hacía mucho tiempo —susurra ella, entre mis piernas. Su aliento cálido contra mi sexo mojado.

—Sí... —corroboro.

Su trabajo, el mío, el gimnasio, la familia, las responsabilidades... Hacía mucho tiempo.

Su lengua abrasa mi piel, me lame como si fuera una niña con un helado, y yo no puedo dejar de gemir. Enredo las sábanas entre los dedos y clavo la cabeza en la almohada cuando el orgasmo me dobla el cuello hacia atrás.

Issy me sujeta con fuerza mientras me corro, pero no para de chupar. Le gusta hacerme sufrir y alargar mis orgasmos tanto como cree que puedo resistirlo. Caleb me ha enseñado que puedo resistir más, mucho más, pero eso no voy a decírselo.

Entonces se incorpora, gatea sobre la cama y se estira para llegar a la mesilla. A cuatro patas, sus pechos cuelgan como una tentación a la que no puedo resistirme, me deslizo por debajo de su cuerpo y meto uno de ellos en mi boca. Ella gime.

—Espera... —murmura.

No espero. La consistencia de su seno, grande, blando y suave, me acelera el pulso. Lo chupo, apretando con los labios como una deliciosa fruta, lamo el pezón, lo mordisqueo y sonrío cuando se endurece contra mi lengua. Me paso al otro mientras juego con el primero entre los dedos. Me encantan sus pechos, mucho más grandes que los míos.

Issy abre el cajón. Sé que es el segundo, el inferior, y sé lo que busca en él. De repente, se aparta. Protesto cuando pierdo el contacto con su pecho, pero a cambio me encuentro con su sexo desnudo a cinco centímetros de la boca. Se ha colocado sobre mi rostro, enfocando hacia abajo, dispuesta a un trabajo conjunto que no puedo desear más.

Le doy un lametón, de abajo a arriba, hasta acabar en el clítoris, como hizo ella hace unos minutos.

Issy gime. Su sexo húmedo palpita sobre mi boca.

Rodeo el clítoris con los labios, lo presiono y lo froto con la lengua y los dientes. Ella tiembla encima de mí. Abro su vulva con los dedos y meto la lengua dentro. El gemido de mi mejor amiga aumenta varios decibelios.

En ese instante, el sonido de un motorcillo empapa mi sexo, ya húmedo desde el orgasmo. Soy incapaz de retener un temblor, una sacudida, un grito, cuando Issy coloca el vibrador directamente sobre mis labios.

—¡Ah, Dios!

Mi mejor amiga se ríe. Fue ella la que me regaló ese aparato hace dos años, en Navidad, y esa misma tarde lo estrenamos. Varias velocidades, doble estimulación, para el clítoris y el punto G, y un llamativo color rosa fucsia.

Lo introduce con facilidad, despacio pero sin titubeos, hasta encajarlo dentro de mí. El aparato vibra, a veces, rápido, a veces, lento, a veces como palpitaciones que golpean el clítoris. Todo mi cuerpo se agita con él. Tengo la zona tan sensible que creo que me correré en dos segundos si sigue así.

—Dios, Dios, para o no podre seguir... contigo...

No para, pero sí aleja el vibrador de la zona. Lo separa del clítoris y me lo vuelve a meter, sin dudar, de un golpe lento y profundo que me hace gritar de nuevo.

—Joder, Issy...

—Tú a lo que estabas —me regaña—, o lo apago.

Me deshago en una carcajada, pero obedezco a su chantaje. Alzo la cabeza hasta tener acceso a su sexo, y entierro en él la boca. Su grito muestra su satisfacción con mi actitud. Acaricio la vulva con la lengua, mientras presiono el clítoris con el dedo gordo, moviéndolo en círculos, siguiéndolo donde sus espasmos me llevan. Su sexo sabe delicioso, su humedad inunda mi boca y su textura en los dientes me hace enloquecer tanto como el vibrador que ella saca y mete dentro de mí. Dentro y fuera, dentro y fuera, tan al fondo como...

—Joder, Anna... sí... —jadea—, no pares... no pares...

—Córrete en mi boca, Issy.

—Oh, joder —Le encanta que le diga cosas guarras.

—Córrete mientras te follo con la lengua.

—¡Oh, joder! ¡Joder!

Se vacía en mi boca, entre espasmos y temblores que empujan con fuerza el vibrador en mi interior. Cierro los ojos y me dejo ir al mismo tiempo que ella. Su orgasmo es el mío, que es el suyo.

Bajamos del taxi todas a la vez; la madre de Issy, ella y yo. Vamos bien vestidas, bien maquilladas, bien peinadas. Nadie diría que hace unas horas cada una tenía la boca en el sexo de la otra. Aunque nosotras no lo olvidamos, nos miramos por encima del coche y sonreímos con complicidad.

La iglesia es una vieja abadía del siglo XII, con una torre medieval erguida hacia Dios y un inmenso jardín verde salpicado de árboles alrededor. Las piedras blanquecinas contrastan con el arco iris que tiñe de colores los vestidos de las invitadas a la ceremonia.

Los familiares y amigos de George, el hermano menor de Issy, y de Martha, su futura mujer se agolpan ante la puerta de la iglesia, entre risas, tabacos y nervios. Se percibe un ambiente inquieto, de precavida felicidad, ansiedad. Las mismas caras de siempre en un escenario único.

Encontramos a George en medio del barullo, inmóvil junto a la puerta como el faro en aguas tempestuosas, la gente se mueve a su alrededor, le hablan, se ríen, vienen y van mientras él permanece estoico en su sitio, guapísimo con el traje negro y la sonrisa nerviosa. Histérica, más bien. Treinta y un años de pura ansiedad.

Su madre es la primera en abrazarlo, entre lágrimas que luchan a muerte contra un maquillaje *waterproof*. Acaricia el rostro de su hijo entre la risa y el llanto y le arregla las solapas de un traje que luce impecable.

—Tranquila, tranquila, mamá, ya está. Papá está dentro, colocando a los invitados.

No necesita decir más, la madre de Issy y George sale corriendo al interior de la iglesia, temerosa del desastre que su marido puede estar organizando. Teniendo en cuenta que los hombres, familiares y amigos varones de George, llevan dos horas en el pub, no resulta una idea descabellada.

En cuanto la mujer desaparece de la escena, Issy ocupa su puesto entre los brazos de su hermano.

—Hermanito —lo saluda.

Está tan nerviosa como él, y aún más emocionada. Tanto que sé que empezará a llorar antes de que el cura dé las buenas tardes.

George la abraza con fuerza por la cintura.

—Hola, hermana.

Ella lo mira de la cabeza a los pies.

—Estás guapísimo. —Escucho el futuro sollozo contenido en su voz.

George también lo oye; ríe y la obliga a separarse.

—No llores tú también, joder, que bastante mal estoy yo.

Acudo en su rescate y abrazo al futuro novio. Su aliento huele ligeramente a cerveza.

—Hola, Annie —me saluda.

—Hola, enano —le fastidio un poco, para aliviar la tensión. Es dos años más joven que nosotras, y cuando teníamos dieciocho, eso lo convertía en un crío ante nuestros ojos de adulta experimentada. Seguimos tratándolo igual, aunque ahora nos saque una cabeza de altura.

Él ríe y me empuja.

—Cabrona.

—Estás guapísimo —le digo.

—Tú también.

El traje que Issy me ayudó a elegir es rojo, largo, ajustado, con tirantes finos, escote prominente y estilo lencero. Es demasiado llamativo para mi gusto, y ella lo sabe de sobra, y pese a ello me obligó a comprarlo cuando me lo vio puesto en la tienda, sin escuchar ni una sola de las dudas que ya he olvidado. No puedo negar que me queda de muerte. Imagino la cara que pondría Caleb si me viera con él. Se volvería loco, acostumbrado como está a verme en ropa de deporte o vaqueros. Imagino lo que sería que me lo arrancara a tirones como hizo con el tanga en el vestuario del gimnasio. Imagino sus manos de nuevo sobre mi piel. Su boca, su polla dentro de mí.

George levanta la muñeca en busca de un reloj que no lleva.

—¿Qué hora es?

Issy consulta el teléfono móvil dentro del bolso. ¿Quién necesita reloj en estos tiempos?

—La una menos diez —dice.

—Uff, vamos entrando ya.

Se gira y lo repite en voz alta.

—¡Vamos entrando!

Y como una manada, los allí presentes, a los que ni siquiera hemos tenido tiempo de saludar, toman la iglesia al asalto entre risas, voces, niños corriendo y padres que les gritan que no corran.

Issy y yo nos escurrimos de la mano hasta la parte delantera. Conozco a su familia desde hace años, he pasado mil noches en su casa y he asistido a la mitad de las fiestas familiares, así que soy una más.

Nos sentamos en la primera fila de la derecha, junto a sus padres. Estos, en el extremo del pasillo, luego ella y luego, yo. Esperamos. Issy sacude la pierna arriba y abajo en un temblor compulsivo que no puede detener. Yo entrelazo mis dedos con los suyos, y ella me sonríe. Tan nerviosa. Tan emocionada. Tan feliz.

Un jadeo ahogado, que se expande por la iglesia como una avalancha, nos indica que el coche de la novia ha llegado. George se agita en el altar, se arregla los gemelos, mira a su familia, a Issy, a mí, sonríe y distingo el alivio en sus ojos. Supongo que es imposible no temer que, en el último momento, la novia se haya echado atrás.

Pero no, ahí está.

El órgano comienza a tocar y todos nos ponemos en pie con un murmullo ensordecedor que reverbera contra las paredes medievales. Issy me aprieta los dedos.

Conozco a Martha desde que empezó a salir con George. Es guapa, divertida y alegre. Trabaja en una correduría de seguros, le gustan los perros y le hace feliz. No le pido más. Su padre falleció hace ocho años y es su hermano, a quien no conozco, el encargado de acompañarla al altar.

En medio del silencio, la figura de la pareja se recorta en la puerta a contraluz. Ella viste de blanco, como no puede ser de otra manera; un traje largo con falda ancha, pedrería en el escote palabra de honor, larga cola y velo, toda la parafernalia digna de la ocasión. Espectacular. Él lleva traje negro.

Marchan a paso lento por el estrecho pasillo de la iglesia. Ella luce una sonrisa evidente aun a través del velo, y la dirige a un lado y a otro, dedicando leves gestos de saludo a sus amigos y familiares. Su acompañante mira al frente. Su acompañante...

—Dios mío.

Issy me mira.

—¿Qué?

No puedo contestar, me he quedado sin habla. Ella sigue la dirección de mi mirada y se ríe.

—Ya te dije que estaba buenísimo —bromea.

Es cierto. Issy me ha repetido en innumerables ocasiones lo guapo que es el hermano de Martha, por lo que ni se me había ocurrido nombrarlo con toda esta historia, no fuera a ser que quisiera presentármelo y volviéramos a enzarzarnos en la habitual discusión sobre mi negativa a buscar relaciones. Está buenísimo, sí, pero en ningún caso había imaginado que tanto.

—No, Issy, él...

—¿Qué? ¿Qué te pasa?

—Es él, Issy. Es Caleb.

—¡No me jodas! —Aunque lo exclama en un susurro, su madre, sentada junto a ella, la fulmina con la mirada—. Lo siento, mamá —se disculpa, antes de mirarme de nuevo—. ¿Qué dices?

—Es Caleb —susurro.

Ella lo mira. La pareja casi ha llegado al final del pasillo, y él se encuentra a pocos pasos de nosotras. Con la mirada al frente, no se fija en nada, centrado en la trascendencia del momento.

—¿Ese es el que te hizo...? —Issy arquea las cejas y abre mucho los ojos. «Ya sabes», quiere decir.

Yo asiento. Sí que sé.

—Dios mío —continúa—. Su familia lo llama Cay. Por eso ni lo pensé cuando dijiste su nombre.

—Cay... —pronuncio con una sonrisa bobalicona, aunque para mí siempre será Caleb ese que está ahí, delante de mí, guapísimo como ningún hombre llegará jamás a soñar.

—Bueno, ¿os vais a callar ya? —La madre de Issy nos regaña, y ambas bajamos la cabeza como niñas reprendidas por una profesora cruel.

Los dos hermanos se detienen ante el altar. Caleb y Martha se miran, él le levanta el velo y ella le abraza. Él le susurra algo al oído y ella contiene una carcajada. Es un gesto entrañable, familiar y cariñoso. Trago saliva, emocionada por haber podido contemplar ese momento íntimo entre hermanos.

Caleb besa a su hermana en la frente y se retira para que ella avance hacia su futuro marido.

La ceremonia es corta y bonita, y creo que el cura la hace incluso divertida, pues oigo risas entre los invitados. Por desgracia, no me estoy enterando de nada, ya que no tengo ojos más que para él. Está tan guapo, con traje, chaleco, camisa blanca y corbata negra. Ese tipo de ropa no le pega en absoluto, y aun así, realza su cuerpo como si estuviera hecha a medida. Quizá lo esté, no lo sé, no me importa, solo sé que mi vientre se retuerce al imaginar lo que sería desabrochar esa camisa botón a botón, besando cada centímetro de sus pectorales.

La gente aplaude y se pone en pie. Oigo gritos de «Vivan los novios». Se ha terminado.

Me levanto y aplaudo, como los demás, mientras George y Martha, marido y mujer, se besan en el altar. Issy está llorando, ya contaba con ello. Le paso el brazo por el hombro y ella se aferra a mi cintura, secándose las lágrimas.

—No te rías de mí —me pide.

—No lo hago —respondo, mientras la beso en la sien.

Yo también quiero a George, y también me emociona, igual que a ella, la sonrisa de felicidad que le ilumina el rostro. Solo quisiera haber estado más pendiente de la boda y menos de la línea de la espalda del hermano de la novia.

Poco a poco, el goteo de invitados se dirige hacia la salida. Caleb y los padres de Issy permanecen en la iglesia para los últimos detalles burocráticos, pero ella y yo emprendemos la marcha junto a los demás.

—Y ahora ¿qué hago? —le pregunto, angustiada, una vez estamos en la calle.

—¿Que qué haces? ¡Espera a que salga y vas a saludarlo!

—¿Estás loca?

La sola idea de ir a saludarlo, como si nada hubiera pasado, me aterroriza.

El jaleo y los múltiples saludos interrumpen nuestra conversación. Todo el mundo viene a felicitar a la hermana del novio, a comentar lo guapa que está, lo guapo que está él, lo bonita que ha sido la ceremonia. Yo atiendo las conversaciones y sonrío como una idiota, sin apartar la vista de la puerta de la iglesia.

Por fin, los novios salen entre gritos, aplausos y media tonelada de confeti blanco con forma de pétalos de rosa, que brillan a la luz del mediodía.

La pareja se despide entre carcajadas felices, mientras corre a refugiarse en el coche que los trasladará al hotel donde se celebrará la recepción.

Cuando los padres de Issy se reúnen con nosotras, sigue sin haber ni rastro de Caleb. Pese a que no quería saludarlo, la idea de que se haya ido me entristece. Debería haber hecho algo, haberle hecho un gesto cuando iba por el pasillo. No, por supuesto que no, no era el momento. Pero algo, cualquier cosa. Algo.

—¿Dónde está?

Issy está tan liada con la familia y los amigos que, por un instante, no tiene ni idea de qué le hablo.

—Habrá ido al hotel —dice, cuando lo entiende.

—¿Tan rápido? No lo he visto salir.

Ella sonríe, creo que le divierte ver tan angustiada por un hombre a una mujer que juraba que no quería saber nada de ellos.

—Estará en el hotel —repite—. Tranquila, ¿vale? No va a perderse la fiesta de la boda de su hermana. Estará ahí.

Asiento. Eso espero.

Sin embargo, cuando llegamos, él tampoco está. Nos encontramos con las mismas personas que ya saludamos a la entrada y a la salida de la iglesia: familiares de Issy a los que no conozco y muchos otros a los que sí, los amigos de George y los de Martha con los que hemos coincidido alguna vez. Decenas de personas y el único que me interesa, ausente.

—¿Dónde coño está?

—Tranquila —repite Issy, que creo que se está cansando de mí.

—Lo siento, tienes razón. Te estoy arruinando la fiesta.

Ella niega con la cabeza.

—No me estás arruinando nada. Lo único que quiero es que te relajes. Hablé con Caleb en el ensayo de la ceremonia, y me aseguró que vendría, que no se lo perdería por nada, aunque no pudiera beber. Que no sé por qué no puede beber.

—Porque compite. —Mi mente evoca su cuerpo sobre el cuadrilátero y mi entrepierna se estremece.

Ella dibuja una sonrisa viciosa.

—Es verdad. Esa especie de arte marcial, ¿no?

—Muay Thai.

Issy se relame y casi tengo que darle un empujón para que no hable así de él. Me he puesto celosa. Qué idiota. Ella se ríe, por supuesto, pues esa era su única intención desde el principio.

—¿Cómo puede ser que sea el hermano de Martha y yo no lo conociera? —me pregunto.

—Porque se ha pasado no sé cuántos años en Tailandia, con eso del *Muay-como-se-llame*. Regresó hace unos meses y apenas sale, entre la competición y la universidad.

—¿Estudia en la universidad?

La carcajada de Issy tintinea entre las copas de champán que circulan por la sala.

—¿Tú has hablado con él o solo os habéis limitado a follar? —Me contagia su risa, de una forma tan necesaria como inesperada, y ella, feliz de haberlo logrado, no tiene en cuenta mi ignorancia sobre el hombre del que me he... No. Eso no—. Ingresó en la universidad al regresar de Tailandia, hace como... tres meses —calcula—, y está sacando una carrera, algo de deporte, actividad física y no sé qué.

—Vaya...

Mi mejor amiga niega con un gesto condescendiente. Se está riendo de mí y me lo merezco, lo asumo.

—Bueno, que vendrá —insiste—. Tú tranquila.

Tomo aire y trato de compartir su seguridad. Vendrá. Tranquila. Y cuando lo haga, me tocará luchar para que entienda por qué desaparecí de esa manera, si es que encuentro alguna forma de explicarlo. ¿Cómo le explicas a alguien que eres una cobarde idiota? ¿Cómo logras que comprenda que no quieres saber nada de él y, al mismo tiempo, no puedes pensar en otra cosa?

Media docena de camareros revolotean por la sala con bandejas sobre las que se alzan, con sorprendente estabilidad, un ejército de copas de champán. Yo salto a por una en cuanto el primero de ellos se acerca a mí. Está frío, burbujeante y delicioso. Me lo bebo casi de un trago y me doy la vuelta en busca de un sustituto al primer cadáver de la noche.

—Vaya, vaya. —Casi me lo como de golpe. Está ahí, a diez centímetros de distancia, y sonríe. Eso no puede ser mala señal, ¿verdad?—. La desaparecida.

—Caleb...

—¿Qué haces tú aquí?

—Issy es mi mejor amiga —respondo—. Conozco a George desde hace años.

Él asiente.

—Qué casualidad. Pues lamento que te hayas encontrado conmigo.

Piensa que me escondía de él. Será porque me escondía de él.

—No me estaba escondiendo de ti —miento.

—El hecho de que lo digas demuestra que es justo lo que hacías.

—No, yo...

De repente, las luces se apagan e interrumpen cualquier posibilidad de disculparme. Una música de violines que no reconozco anuncia la pomposa llegada de los novios. Todo el mundo aplaude y vitorea. Los focos se derraman sobre ellos como una lluvia de mariposas brillantes, ninguna tanto como el brillo que refulge en los ojos de los recién casados. Se aman. Y están juntos. Y piensan estarlo para siempre. ¿Por qué no puedo aspirar yo a lo mismo?

Caleb me mira, me guiña un ojo y se aleja hacia ellos. Hermano y hermana se abrazan. La familia de George también ha ido a recibirlos. Hay besos y abrazos mientras los invitados nos repartimos por el salón y nos presentamos a los compañeros de mesa que no conocemos ya.

Aunque Issy debería sentarse en la mesa principal, junto a su hermano, sus padres, Martha y Caleb, ha decidido sentarse conmigo en una de las mesas reservadas para los amigos cercanos. Menos protocolaria y sin la rígida mirada de su madre pendiente de ella durante toda la cena.

—Qué suerte tienes, hija de puta —me dice, al oído, para que nadie la oiga, mientras los novios cortan la tarta en el centro de la sala—. Ese tío está muy bueno.

—Cree que me escondía de él.

—Porque te escondías de él.

—Ya, pero...

Ambas miramos en su dirección. Nos observa con una sonrisa que demuestra que sabe de lo que hablamos. Me sonrojo, avergonzada, y me ruborizo aún más al comprobar que no aparta la mirada; al contrario, su sonrisa se ensancha. No sé si disfruta con mi ridículo o se alegra de verme. ¿Parecía enfadado? No, en absoluto, sonreía. Aunque él siempre sonríe, ¿verdad?

El listado de platos del menú resulta cada uno más delicioso y apetecible que el anterior. Entrantes, ensalada de marisco, cordero en salsa de hierbas y especias con verduras frescas de temporada y buñuelos de patata, y la tarta nupcial. Sin embargo, apenas puedo comer nada, y lo que baja por mi garganta no tiene ningún sabor. No hago más que beber, mirar a Caleb y luchar con todas mis fuerzas para no mirar a Caleb. Es imposible, mis ojos se ven atraídos hacia él como si los hubiera atado con esas vendas que le protegen las manos en el cuadrilátero.

Él sí que come, aunque no sé qué, con todas las restricciones a las que lo obliga su dieta, y también bebe, una primera copa de champán con el brindis de entrada, y después, agua.

Aun así, y sin la ayuda del alcohol, lo noto mucho más relajado que yo, habla con su hermana, su madre y con

George, y también con los padres de este. Todos ríen y pasan el rato tan felices, mientras yo me consumo por dentro sintiendo cómo mi sexo clama por su polla y mi corazón por sus brazos, lo cual me da mucho más miedo.

Cuando, después del postre, se pone en pie y la gente comienza a tintinear los cubiertos contra las copas, sé que ha llegado el momento de los discursos y que, por fin, voy a poder mirarlo sin disimular.

A falta del padre de la novia, es Caleb el encargado de inaugurar esta parte del evento. Carraspea, sonríe nervioso y distingo ese gesto tímido que se le escapa en las pocas ocasiones en que tiene que ser él mismo. El silencio se extiende por el salón y todas las miradas se centran en él.

—Buenas noches —comienza, aguantando la risa vergonzosa—. Quiero daros las gracias a todos por venir a la que espero que sea primera y última boda de mi hermana. —Risas. Marta finge lanzarle un tenedor y George finge detenerla—. Lo digo en serio —añade, cuando la gente se calma—, porque nunca he visto a Martha tan feliz como esta noche. —Un tierno «oh» se despliega por la sala—. Cuando era pequeña, mi hermana siempre soñaba con una gran boda. Le robaba los zapatos a mi madre y desfilaba arriba y abajo por el pasillo de casa con unas flores de plástico en una mano y mi pobre padre, en la otra, tirando de él para que se agachara e hiciera el papel de novio.

—¡Tú te negabas! —grita ella desde su sitio, y él lo confirma entre risas.

—Es cierto, es cierto. Mi padre protestaba mucho cada vez que ella lo obligaba a levantarse del sofá para el desfile nupcial, pero luego sonreía como un bobo del brazo de su niña. —Caleb se gira hacia su hermana y el salón entero desaparece en el hilo que une sus miradas—. Le habría encantado estar aquí hoy. —Martha se seca una lágrima del ojo y su flamante esposo la estrecha por los hombros—. Habría sido muy feliz de ver que has encontrado al hombre que buscabas y que ya no tiene que volver a levantarse del sofá para decir «Sí, quiero». —La gente vuelve a reír y aplaudir y alza las copas cuando Caleb inicia el gesto—. Mamá y yo somos muy felices por ti y por George, y os deseamos toda la suerte del mundo. La vas a necesitar, cuñado. —La última carcajada generalizada antes del brindis—. ¡Por Martha y George!

—¡Por Martha y George! —repetimos todos.

El discurso del padrino del novio es más salvaje, lleno de anécdotas que George habría preferido no hacer públicas y de buenos deseos que todos compartimos. El discurso del novio resulta emocionante, una auténtica declaración de amor hacia su mujer que deja a la audiencia con lágrimas en los ojos y el corazón encogido. El discurso de Martha no se queda atrás. Agradece las palabras a su hermano y recuerda a su padre, a quien envía todo su amor allí donde esté. Luego habla de su relación con George, de cómo se conocieron y cómo supo, desde el primer instante, que él sería el hombre de su vida. Dice que le temblaban las piernas al verlo y que desde aquel día no ha sido capaz de quitárselo de la cabeza.

Los sentimientos que describe me resultan tan familiares que me conmueven. Cuando termina de hablar, con su copa en alto, mis ojos están hinchados en lágrimas, como los del resto de invitados. Issy me mira y ambas sabemos por qué llora la otra.

Todos sabemos lo difícil que es que una relación funcione igual que lo hace ese primer día y todos soñamos con lograrlo. Yo fantaseo con estar ahí arriba, con Caleb, y que él me dedique unas palabras y una mirada como las que George le dirige a su mujer. Esta noche, lo que Caleb me dirige es un gesto profundo, intenso y sobrecogedor. Me pregunto si él fantasea con lo mismo que yo. Me pregunto si podría funcionar.

Pasado un tiempo que soy incapaz de calcular y que me parece eterno, la cena concluye, por fin, y los novios inauguran el baile al ritmo de una balada de Adele. Los invitados formamos un corro a su alrededor y aguardamos hasta que, tras los segundos de espera protocolarios, las primeras parejas se unen en la pista.

Issy me mira.

—No pienso hacerlo —digo, antes de que insinúe lo que sé que va a insinuar.

Ella se encoge de hombros.

—Pues si no lo haces tú lo va a hacer él.

Me giro de un golpe para descubrir que el aludido se acerca, mirándome como si no hubiera nadie más en todo el salón. Incluso creo que las luces se apagan para iluminarnos solo a nosotros dos.

—Me gustaría bailar contigo antes de que corras a esconderte a algún rincón oscuro.

Issy estalla en una carcajada y desaparece de nuestro lado como si hubiera recordado algo de vital importancia para el futuro de la humanidad. Caleb me tiende las manos y yo acepto. Las mías tiemblan cuando las poso sobre las suyas.

Todas las noches de baile en la discoteca con Issy no sirven de nada a la hora de enfrentarme a una canción de Adele entre los brazos de Caleb. No logro pensar en la música ni hilvanar un solo movimiento y, sin embargo, parece que lo hubiéramos hecho toda la vida. Con los ojos fijos en su mirada gris, mi cuerpo lo sigue a lo largo y ancho de la pista, volando sobre la música, sin chocar ni rozar, siquiera, al resto de parejas que supongo que están ahí aunque para mí estemos solos en el salón. En el mundo.

—No me escondía de ti —repito entre vueltas y vueltas.

—No has vuelto al gimnasio desde el lunes y no me has llamado en toda la semana. Ni una explicación, ni un saludo, ni un «sigo viva». Si eso no es esconderse, ¿qué es?

Bajo la mirada, probando así mi culpabilidad, y al perder la referencia de sus ojos, trastabillo y le meto un pisotón.

—Lo siento.

—Será mejor que me mires —dice, con un gesto casi divertido—. No quiero que me lesiones.

—Muy gracioso. ¿Por qué demonios bailas tan bien?

Retiene una sonrisa que me devuelve a ese Caleb tímido y vergonzoso que solo yo parezco conocer. Yo también sonrío al descubrirlo, ahí, oculto, solo para mí.

—Las artes marciales te enseñan a manejar tu cuerpo —explica—. Esperaba que te hubieras dado cuenta.

Me guiña un ojo y mi piel se calienta al sonrojarse. No es lo único que se calienta.

—Bonito ego, el tuyo.

Tuerce el gesto.

—No te creas, tu huida hizo daño. Me sentí utilizado.

Oh, mierda.

—No estaba huyendo de ti, es que...

—¿Qué?

Tomo saliva y me lanzo a la lucha. Lucharé por ti, Caleb, y que sea lo que tenga que ser.

—Hace poco salí de una relación que acabó fatal. Y no quiero que me hagan daño otra vez.

—Y das por hecho que yo te lo haría.

—Pues sí, ya ves. Quiero decir... mírate...

Frunce el ceño y, literalmente, se mira. Baja la vista y se mira.

—¿Qué me pasa?

No puedo evitar reírme, aunque quisiera darle un puñetazo en ese pecho perfecto que se alza como un muro ante mí.

—Mi ex me puso los cuernos —confieso, volviendo a paladear esa culpabilidad que me atormenta. Seis meses y no he conseguido quitarme de encima la sensación de que fue por algo que hice mal, algo que no hice, algo que debería haber hecho de otra manera o no haber hecho en absoluto—. Me puso los cuernos, no una vez, muchas, casi durante toda nuestra relación, cosa que descubrí demasiado tarde. Y él no podía compararse contigo.

—¿Compararse en qué?

—Coño, Caleb, que estás muy bueno y lo sabes.

La carcajada rompe el ritmo perfecto de sus pasos y me hace reír, también, incluso atrae sobre nosotros las miradas de los bailarines más próximos. No me puedo creer que estemos manteniendo esta conversación aquí, en medio de la música, delante de todo el mundo.

Por suerte, la canción termina, y el último éxito de moda toma el relevo. Caleb apoya una mano en la parte baja de mi espalda y me empuja suavemente hacia la barra. Yo me dejo llevar, con todos los sentidos puestos en esa mano que abrasa como lumbre.

Pido una copa de vino blanco; él, una cerveza sin alcohol.

—Así que, según tu teoría, si tu ex era feo y te engañó, yo te engañaré más, ¿no?

—No era feo. —No sé por qué defiendo a ese gilipollas—. Pero sí, es algo así.

Él niega.

—No sabes nada de mí.

—¡Precisamente! —exclamo—. Y te he dejado hacerme cosas que...

—¿Qué cosas, exactamente? —sonríe.

Ni siquiera lo menciona y mis bragas ya se han humedecido. Los pechos, aprisionados bajo este traje que no me permite llevar sujetador, están tensos y ansiosos por el roce de sus labios.

—Podían habernos visto el otro día, en el gimnasio.

—Cerré la puerta.

Soy ligeramente consciente de que la puerta tiene una llave colgando por fuera, aunque no creo que nadie se haya fijado en ella nunca.

—¿Cerraste?

—No quiero perder el trabajo —responde—. Y no quiero que tú te metas en problemas. El gimnasio estaba casi vacío a esa hora, y sé, porque las veo todos los días desde la sala de boxeo, que faltaba un rato para que llegaran las de la siguiente clase. Aun así, cerré, por si acaso. ¿Es eso? ¿Eso es esa cosa tan horrible que te hice? Porque tengo en mente que no te parecía horrible mientras te follaba.

Bebo un trago de vino para aplacar el calor en mi sexo.

—Me dijiste que te pertenecía —susurro.

—¿Eso dije? —Se encoge de hombros—. Es una expresión.

—Ya lo sé, pero es que cuando lo dijiste... —«Quise pertenecerte», quiero decir, Pero no me atrevo a terminar la frase.

—¿Qué? —pregunta.

La aparición de Issy me salva de tener que dar una respuesta.

—Hola, pareja —nos saluda—. ¿Ya habéis aclarado la situación?

Trae una copa en la mano y los ojos brillantes. Pese a que todavía es temprano, me pregunto cuántas lleva ya. De hecho, ¿cuántas llevo yo?

—Tu amiga no es muy clara a la hora de explicarse —responde él.

—Pero está muy buena —dice Issy.

Me da un azote en el culo, fuerte, que me hace gritar y reír. Vale, creo que sí que llevo unas copas de más, porque me ha gustado mucho que me azotara delante de Caleb.

Él asiente. Creo que también le ha gustado.

—Estoy totalmente de acuerdo con eso —dice.

Ambos ríen. Ambos me miran. Issy me da otro azote y, aunque me gusta, creo que está llegando demasiado lejos, delante de todo el mundo y de él.

—Vale ya —protesto.

Vuelven a reír, se han unido en mi contra y no van a parar hasta que acaben conmigo. Y yo estoy tan cachonda que ahora mismo los desnudaría a los dos y dejaría que me hicieran cualquier cosa. Lo que fuera.

—Dice que voy a hacerle daño —apunta él.

Issy asiente.

—El gilipollas de su ex se lo hizo.

—¿Podéis dejar de hablar de mí como si yo no estuviera presente?

Issy me azota otra vez.

—Cállate —dice.

Caleb ríe y se une a la fiesta. Me azota, con menos fuerza de la que empleó ella y, no obstante, con mucha más intención.

—Eso, calla. Estamos hablando —me regaña mientras me masajeo el culo dolorido.

Issy me mira a los ojos y se echa a reír.

—Creo que acabas de ponerla muy cachonda —me delata.

Muerta de vergüenza, y con un acusador tono colorado en el rostro, a juego con el traje, me aferro a la copa de vino y me despido.

—Idos a la mierda.

Sus risas a mi espalda acompañan mi huida.

Estoy empapada, completamente excitada y nerviosa, y no tengo dónde ir. Cruzo la sala, entre bailarines, borrachos, familiares y novios, y salgo al jardín.

El atardecer ha traído consigo una ligera bajada de temperatura que no es capaz de arruinar la noche ideal, con el cielo despejado y las estrellas en lo alto, testigos de mi vergüenza. La mitad de los invitados han salido afuera y disfrutan entre las guirnaldas de luces que cuelgan de los árboles, cuya claridad se enreda en las ramas y llueve tamizada sobre el césped.

Evito los caminos de piedras, por los tacones, y sigo el sendero de tierra entre los arbustos y los cerezos, sin ninguna dirección en concreto. Solo quiero pensar. Ver a Caleb ha sido algo tan inesperado como fabuloso, no puedo negarlo, igual que no puedo negar lo mal que lo he pasado estos días, cuando creía que no lo volvería a ver. Puedo repetir mil veces lo mismo, pero es evidente que quiero a ese hombre en mi vida.

¿Y qué he hecho para conseguirlo? Volver a huir. Estupendo, me estoy cubriendo de gloria. Y lo he dejado con Issy, que no deja de repetir lo bueno que está y que, además, está guapísima esta noche. Bien, eso no me preocupa, sé que ella no intentará nada, pero está allí y yo aquí, sola, en medio del jardín.

—Anna.

Me doy la vuelta al escuchar mi nombre. Ahí está él, tan perfecto, con su traje negro, su corbata, su chaleco, su sonrisa incómoda.

—¿Estás bien? —pregunta.

—Sí —respondo—. Lo siento, supongo que estaba huyendo otra vez.

Avanza un paso hacia mí.

—Al menos ya lo admites —dice.

Yo intento sonreír, avergonzada por comportarme como una cría, una y otra vez. Él da el último paso y me sonríe y yo siento que alguien ha encendido una hoguera a nuestro lado.

—Está bien —dice—, Issy ha terminado de explicármelo.

—No me hace mucha gracia que os aliéis en mi contra.

—No es en tu contra. Como he dicho, no eres muy buena explicándote. Me viene bien algo de ayuda. En verdad ha sido una conversación muy instructiva.

—¿Ah, sí? ¿Y qué has descubierto?

Desliza su mano por mi brazo hasta la cintura, me agarra por la espalda y me atrae hacia sí. Su sonrisa me absorbe. La noche se hace muy, muy caliente y muy, muy oscura.

—Mi nueva cuñada ha insinuado que, quizá, sí que quieres pertenecerme.

Trago saliva, absorta en sus ojos. Él me aprieta con más fuerza. Estamos tan pegados que mis pechos se aplastan contra el suyo. Adelanto el pubis para buscarlo.

—¿Quieres pertenecerme? —susurra.

—No —jadeo.

Él sonríe.

—Sí que quieres.

—No —insisto, aunque es mentira y ambos lo sabemos—. No quiero pertenecer a nadie.

Con la otra mano me agarra por la nuca y me atrae hacia su boca.

—Me gustas, Anna. Estoy sintiendo cosas muy fuertes desde que te conozco, y si es lo que quieres, lucharé por ti. Lo haré. Es lo que hago. Soy un luchador. Nadie me gana en eso y ningún campeonato vale más la pena que tú. No voy a hacerte daño —les jura a mis labios.

Decido creerle. Mi alma no me da otra opción. Abro la boca y recibo su lengua como si llevara días sin comer, sin agua, sin aire. Sin él. Me devora, juega conmigo, me muerde el labio inferior y tira cuando se separa, solo un segundo, antes de lanzarse de nuevo.

—Te deseo —dice.

—Sí.

—Aquí y ahora.

—Sí, sí...

Huimos de la mano hacia el fondo del jardín. Se trata de una zona oscura, donde no llegan las luces ni apenas la música, pero que no está aislada, y en la que cualquiera podría vernos. No me importa. Me empuja contra la esquina y se abalanza de nuevo sobre mis labios. Recorre mi cuerpo con las manos, cubre uno de mis pechos y lo aprieta entre los dedos.

—No llevas sujetador —dice, en absoluto disgustado ante la idea.

—No.

Me baja los tirantes del traje y sonríe al ver mis senos desnudos, erectos, ansiosos. Los cubre y los aprieta. Me pellizca los pezones y aumenta su sonrisa cuanto más lo hacen mis suspiros.

Me agarra por la cadera, me da la vuelta contra la pared y me levanta el vestido.

—Precioso... —dice, y no sé si se refiere a mi culo o al tanga de encaje que apenas lo cubre.

No importa, me da un azote que me hace gemir, y luego otro y otro.

No me quejo. Mis gemidos son súplicas de más.

Me azota otra vez. Luego, agarra el tanga y me lo baja hasta las rodillas. Me agarra del pelo y tira de mi cabeza hacia detrás.

—Pídeme que te folle —me susurra al oído.

—Fóllame, fóllame ahora.

Un instante después me ha dado la vuelta, me ha levantado en el aire y tengo su polla dentro y un grito en la boca. «Dios». Lo envuelvo con las piernas por la cintura y lo aprieto mientras se empuja dentro de mí, rápido, tan desesperado él como lo estoy yo.

—Sí, sí, fuerte —le suplico a sus ojos.

Fuerte. Cada embestida me comprime contra la pared, contra su cuerpo. Me agarro a su cuello y a su espalda para no tener que separarme de sus labios.

Su polla me llena hasta lo más hondo, cada vez más rápido y más duro. Solo quiero gritar su nombre, pero no puedo hacerlo. Desde donde estamos veo la fiesta, los invitados que pasean por el jardín, el salón de baile a través de los ventanales.

Me agarra una teta y la aprieta entre los dedos, tan fuerte que tengo que morderme los labios para no gritar. La aprieta, la pellizca y me retuerce el pezón mientras yo gimo, sintiendo el calor que asciende por todo mi cuerpo.

Entonces me devuelve al suelo, con delicadeza, y me gira de espaldas contra la pared.

Apoya las manos en mis nalgas y las separa para poder acceder bien a mi interior. Moja los dedos en mi sexo y extiende la humedad sobre el ano.

—Espera, aquí no...

—Tranquila.

Su dedo acaricia la zona, y mi cuerpo se tensa.

—Solo un dedo —jadea.

Un dedo. De acuerdo.

Estoy tan caliente que el dedo penetra hasta el fondo. Me invade al mismo tiempo por delante y por detrás, y la suma de sensaciones amenaza con hacerme explotar. El calor, el placer, el dedo, la polla, la boca, su cuerpo. Las voces en el jardín se superponen a mis gemidos.

Caleb se empuja dentro de mí, por ambos agujeros, con fuerza. Escucho sus jadeos, y su deseo se transmite por los dedos de la mano que me clava en la cintura, que me arrastra hacia él. Mis pechos se bambolean con cada embestida. Me tiemblan las piernas, los brazos. El calor asciende hasta mi boca.

Me la cubre con la mano para que pueda gritar a gusto. Y lo hago cuando me corro. Vierto mi aliento y mi alma en su piel. Cierro los ojos, mi cuerpo se arquea, se sacude. Caleb gime y, en el último momento siento su pene abandonar mi interior para correrse sobre mis nalgas. Esa sensación que me vuelve loca alarga el orgasmo todavía más.

Ambos jadeamos. Él se reclina sobre mi espalda hasta apoyar la frente en mi nuca.

—Me perteneces —jadea, al tiempo que me limpia la piel con un pañuelo o una servilleta o vaya usted a saber qué.

Yo niego con la cabeza, incapaz de contestar o de dejar de sonreír.

Me siento en uno de los bancos de madera que brotan por todo el jardín y me quito los zapatos. El alivio es tan grande que no puedo evitar un suspiro de placer. Cierro los ojos y busco descanso sobre el respaldo. Estoy agotada, con el pulso acelerado y la piel húmeda de sudor, y aun así soy incapaz de dejar de sonreír. Llevo toda la noche bailando con Caleb, besándonos, tocándonos. Nuestra relación ha sorprendido a algunos, a Martha y a George, los primeros, que creen que nos acabamos de conocer hace unas horas, y a varios amigos de ambos, que tampoco sabían nada. Pero no a Issy.

Issy. Ahí viene, con sonrisa borracha y mirada brillante. Se deja caer a mi lado y se descalza.

—Oh, joder, qué gusto —dice.

Yo me río.

Ella me coge la mano y entrelazamos los dedos en la penumbra de esta noche de verano.

—¿Dónde anda tu flamante novio?

—Fue al baño —respondo con mirada ensoñadora.

—Dime la verdad, habéis echado un polvo, ¿verdad? Esta noche, quiero decir.

Mi sonrisa se amplía al tiempo que señalo con la cabeza la esquina oscura que nos ocultó de miradas ajenas, a pocos metros de distancia de donde estamos ahora.

—Ahí —apunto.

Ella me mira con los ojos desorbitados.

—¡Qué zorra! —exclama entre carcajadas—. Pensé que por lo menos habría sido en el baño.

Mi risa cansada apenas me permite negar.

—En pleno jardín —admito.

Ella continúa riendo. Lleva mi mano hasta sus labios y la besa.

—La que no quería saber nada de hombres —se burla.

Justo en ese momento, Caleb aparece por la puerta del salón, y ambas lo observamos mientras se acerca bajo las luces que danzan en la brisa.

—Qué hija de puta con suerte —susurra Issy.

Yo asiento. Sí que lo soy.

Ella se levanta cuando él llega a nuestro lado.

—Yo subo ya —dice, recogiendo sus zapatos del suelo. El hotel ha regalado habitaciones a la familia directa de los novios, e Issy pasará la noche con sus padres—. Nos vemos en el desayuno de mañana —se despide de Caleb.

Él asiente.

—Nos verás a los dos.

Yo lo miro sin comprender.

—Yo no estoy invitada, Caleb, el desayuno de mañana es solo para la familia.

Él se encoge de hombros.

—Tú eres familia, ya. ¿O acaso no eres mi novia, oficialmente? Hasta mi madre me ha preguntado por ti.

Rezo en silencio para que Issy no se burle de la ilusión que debe de reflejarse en mis ojos. Soy su novia. Oficialmente. Se lo ha dicho a su madre.

Por suerte, mi mejor amiga, Dios la bendiga, se limita a sonreír con un gesto de afirmación.

—Pues allí nos vemos todos —confirma.

Acto seguido se agacha para darme un beso de despedida; un beso en los labios que es una despedida más profunda de lo que Caleb puede entender. No habrá más sexo entre nosotras mientras él esté a mi lado. Si ambas cosas guardan relación, estoy dispuesta a no volver a practicar sexo con ella, nunca, aunque admito que lo echaré de menos.

Issy dibuja un gesto de despedida con los dedos en el aire y se aleja caminando torpemente con los zapatos en la mano.

En cuanto nos quedamos solos, me giro hacia mi flamante novio, como lo ha llamado ella. No se ha quitado la corbata, aunque ha soltado parcialmente el nudo y se ha desabrochado los primeros botones de la camisa. Si él parece cansado, peor estoy yo, que llevo toda la noche bailando y siento los pies ardiendo en llamas.

—¿Quieres marcharte también? —le pregunto.

—Quiero follarte —responde él, tan sutil como de costumbre.

Yo me río.

—¿Otra vez?

Él niega.

—Mil veces más. —Me tiende la mano—. Pero aquí no. Vamos.

Acepto su gesto y me levanto. Recojo los tacones y, sin ponérmelos, igual que hizo Issy, lo sigo hasta las cristaleras de acceso al salón de fiestas. Caleb me pasa el brazo por la cintura y me estrecha a su cuerpo. No hay dolor de pies que me quite esta sensación mientras atravesamos la sala de baile, en la que ya solo quedan tres parejas borrachas, y continuamos de largo hacia el vestíbulo del hotel. Al otro lado de la puerta de la calle, situada a la derecha, brillan como luciérnagas las luces amarillas de los taxis que aguardan a los últimos invitados. Caleb, sin embargo, tira de mí hacia la izquierda.

—¿Dónde me llevas?

Él me guiña un ojo. Dios, como me pone ese gesto.

—A mi habitación —explica—. Podría llevarte a tu casa, pero eso me impediría pasar la noche contigo, y es lo único que deseo ahora mismo.

No puedo contenerme. Me lanzo sobre él y le demuestro lo mejor que puedo, mi boca sobre la suya, lo maravillosa que me parece esa idea. Él ríe entre mis labios, me envuelve en sus brazos y clava los dedos en mis nalgas. Noto la erección que hunde sobre mi pelvis. Me restriego más. Y más.

Él me levanta en el aire y, sin dejar de besarme, me lleva hasta el ascensor. Entramos. Pulsa un botón en el que no me fijo y, por fin, me devuelve al suelo. Me arrincona contra la esquina y se introduce entre mis piernas, toscamente abiertas en este vestido demasiado estrecho. Me sujeta la cara con ambas manos y me besa. Despacio, suave, apenas un roce en los labios que me vuelve loca. Avanzo la cara buscando más, pero él retrocede con una sonrisa.

—Despacio —dice—. No hay prisa.

—Sí, te necesito... —Resbalo los dedos sobre sus pantalones y lucho por abrir el cinturón.

Caleb se ríe y atrapa mis muñecas con una sola de sus manos.

—Niña mala —me reprende. Las levanta por encima de mi cabeza y las aprisiona contra la pared. Desliza la otra mano sobre mi cara hasta la mandíbula. La acaricia, con suavidad, hasta rozar los labios con la yema de los dedos—. Eres una niña muy mala.

Intento morder esos dedos que acaban dentro de mi boca, en mi lengua, y en vez de eso los chupo como si fueran algo mucho más grueso y deseable, ante los ojos fascinados de Caleb, que no se apartan de mi gesto. Arqueo la espalda contra la pared del ascensor para restregarme con él, un poco más, quiero sentirlo hasta que ni el tiempo pase entre los dos. Vuelve a besarme, mucho más fuerte que antes, desesperado, y yo gimo de deseo y frustración.

—Necesito más —protesto.

Intento liberar las manos, pero, por supuesto, no lo consigo. Sentirme inmovilizada de esta manera me está volviendo loca. Tengo el tanga empapado y ansioso por caer al suelo.

El ascensor alcanza su destino y las puertas se abren tras un timbrazo. Caleb me agarra por el culo y me levanta. Yo me agarro a su nuca, su espalda, sus hombros, tan firmes bajo mis manos.

Atravesamos el pasillo hasta llegar a una puerta. Me apoya contra ella y separa una mano de mi trasero, saca la tarjeta llave de un bolsillo de la chaqueta y la introduce en la ranura. Tras un *click,* gira el picaporte y la puerta se abre.

Tras un breve pasillo, accedemos a un dormitorio sobrio y elegante. Tiene una cama de matrimonio, dos mesillas, una butaca, y una zona de trabajo, con un escritorio y una silla. Miro la cama, con ansiedad, pero Caleb me sienta sobre la mesa, tras apartar todo lo que hay encima: papeles, bolígrafos y una lámpara, que caen sobre la moqueta sin estrépito.

—No te lo he dicho, pero estás espectacular —murmura mientras separa mis piernas—. Me quedé sin habla cuando te vi.

—Tú también lo estás —respondo.

Él niega y pasea las manos por mi piel, lenta y suavemente, desde las rodillas hasta los muslos.

—Este traje te queda de muerte —susurra.

Muy despacio, sus dedos continúan el ascenso, recogiendo la falda sobre ellos. Llegan hasta la ingle y acarician el borde del tanga. Yo jadeo y me estremezco, ansiosa por que se cuelen debajo, pero no lo hacen.

Caleb busca la cremallera del vestido a mi espalda, la baja, luego me lo quita por la cabeza. Mis pechos desnudos apuntan a su boca, ávidos por ser acariciados, besados, lamidos, mordidos... Él se inclina hacia delante y rodea uno con los labios. Suave, como todo esta noche, lo acaricia con la lengua y alza la mirada, sonriente. Sus ojos grises, su lengua, su sonrisa estremecen cada poro de mi piel.

Entonces se aleja hacia la esquina de la habitación, donde se sitúa una pequeña butaca de tela gris, a juego con las cortinas cerradas. Se sienta en ella, cruza una pierna sobre la otra y deja caer la mano hacia el suelo. Allí, casi oculta en la oscuridad, descansa una mochila.

—¿Qué es eso? —pregunto, desde la mesa, cuando veo que introduce la mano dentro.

—Es mi maleta del gimnasio —responde con una sonrisa enigmática—. La tenía en el coche y fui a buscarla cuando decidí que hoy no me separaría de ti. Hay algo dentro que necesito.

Mi sexo palpita con las malas ideas que esa frase me sugiere. ¿Qué puede necesitar ahora mismo que guarde en la mochila del gimnasio?

—¿El qué?

Sin una palabra, extrae algo que no logro identificar. Parece blanco o gris. Entonces lo despliega y mis bragas terminan de empaparse.

—He visto cómo me miras cuando me vendo las manos —murmura estirando la venda en el aire—. ¿Por qué?

Coloca el pedazo de tela sobre la piel y, lentamente, comienza a enrollarla sobre la palma. Una vuelta. Otra. No me mira. Mantiene la vista fija en lo que hace, y eso lo convierte en algo mucho más *sexy*. Me humedezco los labios antes de contestar. Me falta el aire.

—Siempre he tenido fijación con las manos de los hombres —confieso, incapaz de apartar la mirada. Él ajusta la venda alrededor de los nudillos—. Tú tienes unas manos increíbles. —Otra vuelta. Trago saliva—. Podría correrme solo viéndote hacer eso.

Reprime una carcajada, que sale de su boca convertida en un resoplido. La venda da un giro alrededor del dedo gordo antes de regresar a la muñeca. Yo suspiro de impaciencia. Él, por fin, alza los ojos.

—Demuéstramelo —dice.

Tardo medio segundo en entender lo que quiere y otro medio en introducir la mano bajo el tanga.

Él sonríe, toma la segunda venda e inicia la operación en la mano izquierda.

Yo deslizo los dedos entre mis pliegues. Estoy tan mojada que me los meto hasta el fondo sin darme ni cuenta. Jadeo, me estremezco y suspiro. Presiono el clítoris con la palma de la mano, y muevo los dedos en círculos dentro de mí. Calor. Deseo.

Mis movimientos son claramente visibles a través de la fina tela de encaje del tanga, y Caleb no aparta la vista de ellos. Tampoco deja de vendarse la mano. Sigo los trazados de esa venda sobre su piel, vuelta tras vuelta. Los dedos se estiran, se doblan.

Mis jadeos son lo único que se escucha en el silencio nocturno del hotel.

La humedad caliente empapa mis dedos. Me acaricio el clítoris y adapto el ritmo al de sus movimientos. Me acaricio el muslo con la yema de los dedos de la otra mano, muy suave, apenas un roce, y lentamente voy ascendiendo sobre la piel desnuda, por el estómago hasta el pecho. Lo acaricio, lo aprieto y pellizco el pezón de la misma manera que pellizco el clítoris. Me estremezco con un jadeo sobre la mesa.

Caleb concluye su labor y desliza la mano vendada hasta la entrepierna, en la que se aprecia un bulto considerable bajo el pantalón. Deseo que se la saque, que venga y me folle, pero no lo hace, solo se acaricia por encima de la elegante tela negra, sonriendo, mirándome.

No puedo más. Noto las pulsaciones en la vulva y los temblores que sacuden mi cuerpo sobre este pequeño escritorio de madera. Y, de repente, la palma de una mano vendada me cubre la boca, y otra se posa en mi sexo, sobre la braga, sobre mi propia mano, acompañando mis movimientos. Los ojos de Caleb se clavan en los míos.

—Grita todo lo que quieras —susurra.

Grito cuando me corro, empapando su mano y la venda que la envuelve con mi saliva, sintiendo su mirada en mis ojos, su sonrisa a centímetros de mi boca.

Solo separa la mano, mojada y caliente, cuando los gritos se convierten en resuellos y sabe que he terminado. Me besa, suave, una vez más, y yo me lanzo a por él. Le muerdo el labio y busco su entrepierna, pero igual que hizo en el ascensor, se aparta con una sonrisa traviesa.

—Niña mala —repite.

—Joder, Caleb, necesito que me folles —exijo.

Él se aleja de mí.

—A la cama —ordena.

Bajo de la mesa a toda velocidad y me tumbo en la cama. Él me contempla desde lo alto, tan fuerte y tan perfecto. Se quita la chaqueta y la deja con cuidado sobre la butaca. El chaleco se ajusta a su torso como una segunda piel. Exquisito.

—Por Dios, ven ya —suplico.

Él se ríe.

—Eres una niña mala e impaciente —me regaña— Quédate ahí quieta.

Yo me incorporo sobre los codos.

—No, te necesito.

Sonríe. Se desabrocha el chaleco, muy despacio, y lo deja sobre la chaqueta. Luego, la corbata, tirando de la tela como si fuera esa venda que cubre sus manos. Tengo la boca seca. Tengo las bragas mojadas. Tengo necesidad de él.

Cuando termina con la corbata, la deja sobre la cama y emprende la tarea con la camisa. Uno a uno, se va desabrochando los botones, dejándome ver centímetros de su pecho perfecto que me aceleran el pulso y la respiración.

La camisa se reúne con sus compañeras caídas sobre la butaca. Yo me relamo ante su mirada divertida, ahora van los pantalones.

En efecto, se quita los zapatos y los calcetines, y, por fin, los pantalones.

Sin embargo, se queda en calzoncillos, y percibo que algo en su mirada ha cambiado. Ya no sonríe tanto.

—¿Qué ocurre? —pregunto.

—Puedes negarte, si quieres.

—Negarme ¿a qué? —Me arrodillo sobre la cama, inquieta.

—Hay alguien que me dijo que quería despedirse de ti —explica.

Y, de alguna manera, sé lo que va a ocurrir cuando se dirige hacia la puerta de la habitación.

Me bajo de la cama y aguardo, en pie.

Pies descalzos sobre la moqueta del pasillo, y una sonrisa nerviosa en los labios de mi mejor amiga.

—Una última vez —susurra Issy.

Yo sonrío. Sí. Sí. Issy y Caleb, los dos míos esta noche, sí. Asiento sin dudar.

Issy logra quitarse el vestido en los tres pasos que la separan de mí. Posa la boca en la mía, despacio, suave, y entonces su lengua me penetra y se enzarza en un baile sensual y erótico, acariciando mis labios, mis dientes, entre jadeos.

Caleb me aparta el pelo de la espalda y me besa en la nuca. Cierro los ojos para sentir los dibujos que traza con la lengua.

Issy me acaricia los pechos, juguetona, pellizca los pezones como sabe que me gusta y los estimula para Caleb, que posa las manos en ellos desde atrás. Yo cierro los ojos y suspiro de placer al sentirme besada y acariciada por ambos. Sus manos, sus bocas, mi piel. Una fantasía que nunca me atreví a soñar se hace realidad esta noche.

La boca de Caleb se desliza por mi espalda, sus manos bajan desde los pechos hasta la cadera y allí tiran del tanga hacia abajo. Yo levanto las piernas, una tras otra, para que me lo quite. Cuando vuelve a subir, su boca se entierra entre mis nalgas.

Issy sonríe desde mis pezones al escuchar el gemido que dejo escapar, y se levanta. Yo cubro sus grandes pechos con las manos y ella se hincha, rebosando mi palma de ellos.

De rodillas en el suelo, Caleb me separa las nalgas, y siento la humedad de su lengua en el sexo. Su aliento cálido me hace estremecer. Sus manos en mi culo me vuelven loca.

De repente, Issy coge mi mano y tira hacia la cama, arrastrándome con ella. De un leve empujón me sienta en el borde, me tumba hacia detrás y se arrodilla, con las piernas a cada lado de mi estómago.

Se inclina sobre mí y me besa. Caleb nos ha seguido y noto su boca de vuelta entre mis piernas. Yo gimo e Issy gime mientras me chupa los pezones. La agarro del pelo para que me mire.

—Sube —digo—. Quiero comértelo.

Ella sonríe entusiasmada con la idea. Asciende por la cama y se sienta sobre mi cara, enfocada hacia abajo. Saco la lengua y acaricio sus pliegues. Ella se estremece bajo mis labios.

Caleb acelera sus lametones en mi sexo, y yo adapto el ritmo de mi lengua al de la suya. Issy y yo gemimos al compás. Pero él se mueve rápido, muy rápido, y yo no puedo más, el calor se acumula en mi sexo, mi cuerpo tiembla.

Dejo de chupar y gimo, solo gimo, los ojos cerrados y el cuerpo arqueado buscando su boca. Él me clava los dedos en los muslos, para mantener mis piernas abiertas. Yo grito de placer cuando me derramo en su lengua.

Jadeo con la respiración entrecortada cuando se aleja de mí. Estoy sudando y me falta el aire, pero no lo encuentro, porque Issy vuelve a bajar su sexo hasta mi boca y me encuentro respirando sus fluidos. Saco la lengua, agotada, y la acaricio. Su gemido vuelve a ponerme cachonda.

Noto una sacudida en el colchón. Caleb se ha subido a la cama, y, por sus gemidos, supongo que ella le está chupando la polla, pero a Issy le ocurre como a mí, y cuando el orgasmo la alcanza no puede concentrarse en nada más.

Ella se corre en mis labios antes de dejarse caer hacia delante, exhausta.

—Joder... —resolla sobre mi sexo.

Entonces, Caleb me agarra por las caderas y me gira boca abajo sobre el colchón.

—¿Todavía puedes con más? —pregunta.

— Sí —respondo, sin dudar.

Ellos se miran y sonríen. Caleb me levanta a cuatro patas. Sus dedos entran en mi coño dispuestos a humedecerme, pero no lo necesitan, continúo empapada. Él me penetra y su embestida me provoca un grito húmedo de placer. Issy se tumba debajo de mi cuerpo y se introduce mis pechos en la boca, primero uno, luego otro. Juguetea con ellos en las manos cuando no están entre sus labios.

Caleb se empuja más y más dentro de mí, a medida que mis gritos lo animan.

Me separa las nalgas y restriega un dedo húmedo de saliva por mi agujero, mojándolo también en mi sexo para lubricarme un poco más.

—Voy a metértela por el culo —dice.

—Sí... joder, sí...

No me da ocasión a arrepentirme. Saca su polla y la coloca en la entrada de mi ano. Se empuja dentro de mí despacio, suave, lento. Noto el dolor que precede al placer. Estoy tan mojada que el primero es casi inapreciable, en cambio el placer... El placer sí que lo aprecio y se refleja en mi grito.

Debajo de mí, Issy se mueve, y lo siguiente que noto es su boca en mi sexo.

Yo chillo.

—¿Más fuerte? —pregunta Caleb.

—¡Sí! ¡Más! ¡Fóllame! ¡Sí!

Estoy desatada, pero es que nunca he sentido nada como esto. Mi mejor amiga y mi novio dándome placer, por delante, por detrás... Míos y solo para mí.

Con una carcajada, Issy me azota en el culo, me muerde el clítoris y yo me derrumbo sobre la cama. Me apoyo en los antebrazos, y esa postura eleva mi ano hacia Caleb y su polla. Ahora la siento más, como si me estuviera empalando, hasta el fondo. Los gemidos empapan las sábanas bajo mi cara. El sudor, la saliva e incluso lágrimas de placer la enfrían bajo mi piel.

Caleb gruñe como un animal, Issy gime y jadea casi tanto como yo, mientras me azota una y otra vez. Yo no puedo más. Mi cuerpo se sacude y vuelvo a correrme, gritando, entre convulsiones como una niña poseída por el diablo.

Caleb me acompaña un instante después. Su polla palpita y se estremece en mi recto, clava los dedos en mis nalgas y, de repente, se empuja, una, dos, tres veces, y grita mientras se abandona en mi interior.

Cuando regresa del cuarto de baño, donde ha ido a tirar el preservativo, Issy todavía me está besando.

—Hasta mañana —susurra.

No me da tiempo a despedirme. Recoge el vestido y las bragas del suelo y desaparece por el mismo pasillo por el que llegó hace unos minutos.

Caleb se tumba a mi lado y me abraza. Yo apoyo la cabeza en su pecho, duro y caliente.

—¿Te ha gustado?

—Muchísimo —admito.

—Ella me lo propuso, pero teníamos miedo de que te molestara.

No me molesta, y así se lo hago saber con un gesto de la cabeza, que es casi lo único que puedo mover por el agotamiento.

No me molesta. Issy es mi mejor amiga y Caleb es ahora mi novio y no hay nada que vaya a estropear esta sensación que calienta mi alma. Creo que se llama felicidad.

Cierro los ojos y dejo que haga su hogar dentro de mí. Es eso, lo que llevaba tanto tiempo buscando. Felicidad. Acompaso mi respiración al ritmo de los latidos de Caleb y creo que hasta mi corazón palpita con la misma cadencia. En esta cama, durante estos minutos de silencio y paz, somos uno.

El mundo se mueve.

Durante un instante, no sé dónde estoy ni por qué ni qué es eso que siento entre las piernas.

Abro los ojos pero no distingo nada en la oscuridad. Solo un aire cálido que me eriza la piel de los muslos.

—¿Qué...? —balbuceo.

Una lengua me responde, una lengua que me acaricia el sexo con extrema delicadeza.

—¿Tú siempre te despiertas así? —balbuceo, de nuevo, aunque, esta vez, con una enorme sonrisa en los labios.

—Te recuerdo que la última vez fuiste tú quien me despertó de esta manera —responde Caleb desde donde no puedo verlo.

—¿Y esta es tu venganza?

—Te la tenía guardada —admite, y, como esa serpiente sobre el cuadrilátero, se abalanza sobre mi clítoris.

Yo grito de placer.

Lo chupa con fuerza, entre los labios, la lengua, los dientes, como si besara mi boca. Me sujeta por las piernas para que no me mueva y sigue mis sacudidas arriba y abajo por el colchón. Londres aún no ha despertado y yo estoy a punto de correrme de nuevo.

Mis piernas se abren para él y casi lo oigo gemir de satisfacción. Estimula mi clítoris con la lengua, salvaje, y lo succiona hasta que vuelvo a gritar. Me vuelve loca. Este hombre me vuelve loca y yo estoy encantada de que así sea.

Él entierra la cara en mi sexo y yo siento que el orgasmo crece hasta envolver todo mi cuerpo en calor y sudor y gemidos.

Un instante después, la lengua desaparece y el hermoso rostro al que pertenece se manifiesta ante mí.

Caleb sonríe, casi tanto yo, y sus ojos grises brillan, incluso en la penumbra de la habitación.

Sé lo que quiere.

—¿Es que nunca tienes suficiente?

—De ti, no.

Extiendo las manos hacia su pecho, pero él las sujeta y me rodea las muñecas con una tela negra, su corbata. Me echo a reír.

—¿Qué haces?

No responde. Estira mis brazos hacia arriba y ata el extremo de la corbata a uno de los barrotes de madera de la cama. Un jadeo excitado escapa entre mis labios. Él se inclina hacia delante y me besa, despacio.

—Por fin puedo hacerlo a mi ritmo. —Su aliento me quema la piel.

Intento bajar los brazos, por inercia, pero no lo consigo. Notarme inmovilizada me vuelve loca, me empapa más si eso era posible. Él acaricia mis labios con la lengua, despacio, suave. Yo los separo para ofrecerle la mía y él me entrega apenas un roce de la suya. Su suavidad me frustra y me enciende.

—Caleb...

Desciende por el cuello, dejando un rastro casi imperceptible sobre mi piel, que se eriza con el roce.

Saca la lengua y me lame un pezón con la punta, luego, con los dientes, luego lo cubre entero y lo chupa. Yo me deshago en un gemido liberador. Él traslada la boca al otro pecho, mientras masajea suavemente el primero.

Esta vez no me manda callar cuando gimo, y lo agradezco, porque no podría. Mi cuerpo está saturado de sensaciones. Pensé que no podría aguantar más, pero puedo, puedo, quizá nunca tenga bastante de él, yo tampoco.

Mi espalda se retuerce, lo busca, mi sexo se eleva en el aire ansioso por ser penetrado una vez más. Él no deja de sonreír, divertido ante mi ansiedad.

Mientras me chupa los pechos, desciende la mano hasta mi entrepierna e introduce dos dedos de golpe.

Mi grito de placer, sin una mano que lo retenga, atruena contra las paredes de la habitación.

Él empuja los dedos dentro de mí, con fuerza, rápido.

Yo grito más. Él sonríe más. Me agarra por las caderas y me levanta, me penetra con un golpe seco acompañado de un gruñido que se enreda con mi grito.

Se empuja dentro de mí, rápido, fuerte, seco, sin parar. Mis manos se aferran a la corbata que me impide cualquier movimiento, pero lo rodeo con las piernas y lo aprieto contra mi sexo.

Estoy ardiendo. Mi vagina se vuelve líquido caliente que se derrama sobre el colchón, mientras todos mis músculos se sacuden y se estremecen, y la visión se me nubla y temo que voy a perder el conocimiento.

El mundo da vueltas. El mundo es él. El olor de su piel, el tacto de sus manos, los jadeos de su boca y la invasión de su polla. El mundo es él y no necesito más cuando el orgasmo, el tercero, el cuarto, he perdido la cuenta, me sacude entre temblores.

—Dios... —jadeo unos minutos después, cuando recupero la respiración.

Caleb sale de mi interior y se quita el preservativo.

—Dámela —exijo.

La quiero, la necesito. No se ha corrido aún y esta vez es todo mío.

Él no pregunta. Asciende, con las piernas a ambos lados de mi cuerpo, hasta posar la polla en mis labios. Sin dudarlo, abro la boca para darle la bienvenida y dejo que me la meta dentro. Él gime. La acaricio con la lengua y la chupo, con la poca movilidad que me permiten las ataduras. Escucho sus gemidos y siento los temblores que sacuden su cuerpo. Y es mío, sé que es todo mío.

Jadea. Lucha por mantener la postura que me permite abarcar completo su miembro.

Aprieto los labios contra su piel. Alzo la mirada para anclarme a sus ojos. Tiene las manos apoyadas en la pared, esas manos vendadas, sobre el cabecero al que estoy atada, y me observa desde arriba. Se muerde el labio inferior con una expresión casi animal en la mirada.

Acaricio su polla con la lengua, él la saca y yo la recorro desde la base hasta la punta. Me la vuelve a meter. Gruñe. Él gruñe. Gime. Su cuerpo se tensa y sus músculos tiemblan, a punto de correrse. Yo aprieto los labios y acelero los movimientos, más fuertes y rápidos.

Él cierra los ojos y su leche inunda mi garganta. Trago toda la que puedo, y noto resbalarse por mis mejillas aquella que escapa entre los labios. No me importa.

Nada me importa. Caleb es mío y yo soy suya y soy su novia y no va a hacerme daño y el mundo es perfecto.

Tras unos segundos, abre los ojos.

—Lo siento —se excusa, en un jadeo agotado, mientras me limpia la boca con la sábana.

—No me importa —respondo con una sonrisa.

Él me besa, y me excita pensar que está saboreando su leche en mi lengua.

—¿Seguro?

—Seguro —repito.

Me desata la corbata de las muñecas, y al fin puedo bajar los brazos. Los apoyo en sus hombros y le acaricio el cuello.

Él me vuelve a besar y se desliza hacia un lado, hasta tumbarse junto a mí. Me envuelve contra su pecho y yo lo abrazo. Sudoroso, tembloroso, firme.

—Caleb —lo llamo.

Gira el rostro para mirarme. Sonríe. Yo también.

—Tú ganas. Ya te pertenezco.

Sonríe un poco más al tiempo que niega.

—No, Anna —rechaza—. Yo te pertenezco a ti desde el día en que nos conocimos.